訪客

科幻新銳作家　托比寶——著

Contents

Question 1

訪客

是你不請自來，還是有人捷足先登？

1

當你發現一件事情有著不尋常的瞬間時，是什麼樣的情況？是對話的語氣、眼神的飄移，還是表情的細動？

也許你不曾注意得如此細微，但總有那麼一刹，該忽略的事情成了重點。證據，便成了你接著想要找尋的。

對我而言，那不尋常的一瞬間已經發生了好幾次，只是我每每都找不到想找的東西。應該說，我根本不知道該找什麼，這才是讓人焦急的地方。

這份複雜的心情，一直到我無意間在網路上閱讀到一篇文章為止。不是終結，是正式爆發。

***

分類：驚異版

主題：對面人家的草皮

作者：媽媽我愛飯冰冰

半年前，我們社區出現了小偷，包括我家在內，有六戶人家遭殃。那是大白天發生的，一整晚我們都在清點損失，大概到凌晨一點，我才回房休息。睡前我習慣去陽台抽一根菸，那時很累，便站在房裡，只將落地窗打開一小縫，外頭只剩路燈還亮著。不久後，我看到了對面庭院有光點在移動，引起了我的注意，結果你們猜我看到了什麼？我看到對面人家的男主人，從家裡扛了三袋黑色垃圾袋出來，在庭院裡挖洞埋了！女主人跟女兒還拿著手電筒在旁邊幫忙照明。

這很奇怪吧？社區有子母車，垃圾根本沒必要掩埋起來。就算要埋垃圾，為什麼要在大半夜偷偷摸摸的挖洞？他們不知道是電影看太多還是怎樣，但我總覺得那不是單純的垃圾……

這件事情讓我很糾結，也想過要趁對面不在家時去偷看。但從那天起，女主人就天天在家，沒去上班了。似乎是心理作祟，之後我見到他們，越看越覺得詭異，說不上來的感覺。他們一家人變得深居簡出，住戶們之間也曾好奇八卦過，只是沒人去問他們發生了什麼事。

他們還有一個兒子，年紀跟我差不多大，遭竊那一早應該出差了。他是唯一的正常人，還會跟大家打招呼，假日也會在門口洗車，甚至會躺在那塊草皮上睡午覺……所以，我覺得他應該不知道底下有埋東西。

半年來，我好幾次都想暗示他什麼，可是真的很難說出口。我跟他又不熟，每次打完招呼都支支吾吾的，我想他一定覺得我是怪胎。我是SOHO族，只要想到那塊詭異的草皮就在我房間的正對面，工作時整天都坐立不安，真的很苦惱。

是我想太多了嗎？

各位覺得我需要繼續努力跟那家的兒子混熟，好調查真相嗎？

真的希望草皮下埋的不是我想像的東西……

我聽說小偷有三名，到現在都還沒有抓到人。

2

「養尊處優」是我在家的真實寫照。但我要強調，這是一年前父親一通電話強迫我搬回家之後才開始的。

原本我不想回來的，早早就自己搬出去住的我，在外頭過得很逍遙自在。但父親硬是以「身體不好希望兒女在身邊」、「回家住也可以多存一點錢」、「我們絕對不會干涉或過問你生活」等等理由，鐵了心要我搬回家住。幾次僵持後，便妥協先回家住一陣子，但隨時可能再搬出去。

而後這一年來，他們倒是有遵守承諾，沒有干涉我的作息及生活，加上我也嘗到了住家裡所省下的房租費這甜頭，心裡想著多存點錢的我，便正式搬回家住了。

最初，只有父親對我比較好，我認為這是因為他逼我回來住，才刻意討好我。不知道從哪一天起，母親與一向愛與我鬥嘴的妹妹也越來越順從我。我沒有刻意去觀察，只是慢慢發現晚餐幾乎都是我喜歡的菜色、櫃子裡都是我鍾愛的零食、冰箱內更是全按照我的喜好採買——這還僅僅是食物部分。

我隨口嚷嚷家裡的三十二吋電視太小，隔天便換成了六十吋還含家庭劇院音響；抱怨手機速度太慢，一個禮拜後就拿到最新的手機；有一次下雨天騎車淋濕全身，隔月父親便買了一輛轎車給我。誇張吧？我沒有要他們買給我，不少東西只是提了提，誰都會提一些想買的東西吧？但不久後家人便會奉上。

物質層面一直被滿足，連生活都讓我十分悠哉。我已經快忘記被搶遙控器的感覺，只要坐上沙發，妹妹都會主動問我要看哪一台。清潔工作更是碰不得，不過是一個拿起掃把的動作，母親便立刻接走，理由是我掃得不夠乾淨。要不是我堅持想自己洗車，可能他們也要搶著做。

這樣不好嗎？很好，這麼舒適誰不要。問題是，我父母一向不是這麼教育我們的。他們是那種即使小孩躺在地上哭鬧也不會輕易妥協的父母，沒人可以對他們耍任性，至少我記得是如此。面對這樣的轉變，我不是沒有好奇過，結果總是得到輕描淡寫的答案，「東西剛好買了，事情剛好做了，問那麼多幹嘛？」

哪來那麼多剛好？

我很清楚，家人對自己好，還反過來去懷疑什麼的，似乎太不應該。我感覺得到，他們是真心希望我過得舒服、開心。因此我只能猜想，是自己太早離家獨立，他們現在想要多疼我一下吧。

父親是一所科技公司的研究室主任，母親決定當家庭主婦之前，也在一間外商企業任管理職，家裡經濟狀況不差。雖然他們天性節儉，但偶爾買些奢侈品還負擔得起。那些送我的東西，就當成他們年紀大了，突然體會到消費的樂趣吧。

摒除掉自己過於享受的生活，我們家就是個普通家庭。頂多父親的研究曾經得了獎，風光過一陣子。除了剛上大學的妹妹以外，家中成員的狀態都很穩定，日復一日，平凡的生活著。偶爾我也會因為家人對我過於體貼而感到彆扭，但日子終究是平靜無波的。

如果，兩個月前，梁睿昕沒有找我談那一段話，我想我會希望家裡一直保持這樣。

✷

梁睿昕是我的前女友。

高中選組時，我選了不是父親期待的文組，他有點失落。大學期間，父親的研究室來了一名與我年紀相仿的實習生，就是梁睿昕。她很聰明，相當得我父親歡心，竟讓他升起了配對的念頭，硬是把我叫去認識她。

我們交往了一陣子，直到畢業前和平分手，之後沒有特別保持聯繫，只知道她畢業後赴美讀研究所，回國便直接內定留在公司、成為正式職員。今年我已經二十八歲，算一算，我們有六年沒見面了。

「韓宇杰嗎？我是睿昕。」這通未知號碼接起後，熟悉的聲音傳來。

「睿昕！這麼突然？妳怎麼有這支號碼？」我驚呼。

「你爸爸前陣子給我的，說你搬回來快一年了，叫我有空可以跟你聯絡。」

「那都給一陣子了，怎麼現在才打給我？」

「科學家很忙的，我前陣子還在想辦法穿越時空。」

「成功了嗎？」

「還留在原地，所以我暫時有空可以跟現在的人聯絡。」睿昕用打趣的口吻與我互相聊了幾句後，話鋒一轉，問我能否見個面。

聽她語氣變得嚴肅，我想是有事要跟我商量，便赴了約。一個小時後，我們在以前常去的茶館碰了面。許久不見，她變得更漂亮了，成熟的臉龐增添了幾分女人味，長長的馬尾顯得專業及智慧，且似乎有做點瑜珈，身形保持得相當好。即便只是穿著簡單的服裝，還是顯得十分亮眼。

「幹什麼那樣看我？」睿昕走向我納悶著說。

「沒有啊，好久不見，妳變好多！」我張大眼，語調不自覺微顫著。

「變好還是變壞？」

「好啊，非常好！」

「你也不錯啊，剛下班嗎？沒想到你穿西裝還挺不賴的，看起來乾乾淨淨的。你還是一樣有潔癖嗎？」

睿昕雖然看來表面正經，工作時很嚴謹，但私底下很好相處。過去我也是被這樣的她吸引。只是感情的經營是多面向的，有些人當朋友反而會更親密、更自然。我與睿昕的關係便是如此，當時兩個人都認為當朋友才是最好的選擇。所以即使分手這麼多年沒有聯繫，我們還是能夠很快的暢談自如。沒有寒喧太久，她很快便切入重點，說明了找我的原因。

「我想聊聊你爸的事。」

「我爸？」

據睿昕轉述，我父親這一年多來在實驗室的脾氣不太穩定，她想知道有什麼事情讓他煩心。

「我跟你爸已經共事七年了，我了解他。他偶爾壓力大講話會比較急，但平時跟大家相處得不錯，實驗室的氣氛也被他打造得很好。但是，這一年來，他的情緒起伏太大了，我滿擔心的，除了你之外，我也不知道該找誰問。」

「妳是指他最近比較暴躁的意思嗎？」

「這幾個月倒沒有，話反而變比較少。主要是一年多前，我們發表了一篇得獎的研究時，那陣子比較嚴重。你知道那件事嗎？」

當時我還住在外頭，睿昕見我搖頭，便說起了那時候的情形。

那是一個重大的研究，發表前他們就知道會帶來巨大的迴響，所以全實驗室的壓力非常大。

「你爸把實驗室的團隊帶得很好，這麼多年我們都是一起努力的，我相信沒人想破壞關係。但你爸卻開始……找碴。他對研究員說話特別不客氣，甚至會摔文件，我們都嚇到了，他從來不會這樣。」

聽起來確實不像我父親。

「得獎後的那陣子，他心情好多了。但接下來繼續研究工作時，他突然改變了我們一貫的作業方式，變得比以往更高壓，把氣氛弄得很緊張。時間久了，難免有人受不了，畢竟有些要求非常不合，連我跟他也慢慢疏遠了。」睿昕不禁嘆了一口氣。

「到現在還是這樣嗎？」

「我也忘了大概多久，幾個月以前吧，他請假幾天回來後，突然變得沉默寡言。雖然他陸續取消那些不合理的規定，也變回以往的溫和，但整個人就是很安靜。我跟他最近的對話，是三個月前把資料送到他辦公室時，他突然問我還有沒有跟你聯絡，又告訴我你搬回來住了。那時我怕他又要找理由刁難我，便匆匆收下你的電話號碼，沒多講什麼。」

「我真的很難想像，因為他在家裡很正常。」

「所以，你也不知道他發生什麼事情了？」

「至少跟家裡無關吧。但我會幫妳多注意，被妳講得我也開始擔心了。」

「我不是在講他壞話，只是關心他。我希望他可以跟以前一樣信任大家，也想知道是什麼事情讓他煩心。」

「我知道，妳別擔心。」

之後我們換了話題，睿昕問起我的工作，我也跟著她開始閒聊。但關於我父親的事，卻一直懸在我心上。

3

因為工作關係，我待在家裡的時間並不長，偶爾出差一、兩個禮拜是家常便飯的事。很多人不喜歡如此奔波，但我很喜歡，可以用公費住進各式各樣旅館、飯店，到處走馬看花很有趣。

上一次與睿昕見過面後，又趕上一次公差，只能暫時將我父親的事拋到腦後。雖然一個人的情緒在短時間內大起大落可能是某種精神疾病的前兆，但基於家裡的氣氛仍然和諧，我想應該還不太嚴重，決定回來後再想辦法了解。

「早……早安。」出差這天早上，我才剛將行李搬上車、關上後車廂，就有一個人跑進了我的視野。

那是對面的鄰居，跟我差不多年紀，身形比我高大、壯碩許多，但看起來並不凶惡，臉上戴著一副黑框眼鏡，頭髮則好像很久沒有修剪似的半長不短。不知道有沒有在工作，因為他有點邋遢，我不認為任何有公司能接受員工這副德行。

我們並不熟，搬回來已經快一年了，剛開始我甚至不知道社區裡有這號人物。他是最近才比較常出現在我面前。詭異的是，他一點都不像個會早起的人，更別提與晨跑人士有多大差距，這陣子卻常常一早就站在門外。

「早！」我禮貌性的回話，同時打開車門鑽進去，免得接下來沒話講就尷尬了。

「你都……很早上班。」我的天，他好像打算接話。

面對一個偶爾在早上才會遇到五秒鐘的人，我很難開口聊什麼，而且他這句話究竟是敘述句還是疑問句，我也搞不清楚。更何況我討厭人家講話含糊不清、畏畏縮縮的。

「對啊。我快遲到了，先走囉！」我假裝看了一下左手手腕，即使我根本沒有戴手錶，話一說完，油門一踩就走。

善於交際果然只有在公事上才辦得到，私下的我完全不行。

很快的，我將鄰居從腦子裡請出去，在前往出差地的車程上，開始思索我父親的事情。即便已經打算暫時忽略，還是禁不住一直想著。我不是一個大驚小怪的人，但家人的健康可能出了問題，哪怕多輕微都會讓人坐立不安。

結束工作後，正想打通電話回家，才剛拿起手機，母親就打來了。

「我正要打回家。」我接起了電話。

「你在飯店了嗎？我看新聞說，那附近上個月出現槍擊案，感覺治安不太好，你不要隨便出門。」母親用充滿擔憂的口氣說著。

「並不是在附近，槍擊案地點離飯店有半小時的車程。而且台灣的槍擊案很少跟老百姓有關係，不要這麼緊張，我又不是小孩子了。」

「沒事就好。我有叫妹妹買那片你上次說很想玩的遊戲，好像明天就會到貨，你後天回來就可以玩了。有想吃什麼東西嗎？」

我對天發誓，並沒有說自己很想玩那遊戲。只是上周末跟我妹一起玩遊戲機，聊到最近出了幾片新光碟，順口說了某些遊戲似乎不錯。

「媽，我說過多少次了，不要每次我說喜歡什麼，你們就去買。」

「剛好你妹也想玩，好啦，你還沒說你回家想吃什麼。」

又是剛好！

「都可以，妳決定就好。爸還在工作嗎？」

「回家啦，不過他在洗澡，要跟他講話嗎？」

「不用了，問問而已。」

「他忘了你今天要出差，回家沒看到你，還緊張了一下。」

「有什麼好緊張的！好啦，我也要洗澡了，就這樣。」

結束通話後，我將手機隨手一扔，整個人撲上床去。

「你爸媽又買了禮物給你？」跟我同房的一名同事問。

「沒有。」我閉上眼，並不打算多說什麼。

家人在我搬回家住後對我極其寵溺的行為，我曾經告訴過這名同事。他對這種煩惱很不以為然，我也明白在別人耳裡聽起來像在炫耀，自然不打算再聊下去。

「我後來想想，大概明白你為什麼會覺得奇怪了。」那同事正玩著筆電，突然對我說了這句話。

「什麼意思？」

「你家人啊。以前不會這樣，現在卻把你當成王子在供奉。雖然很令人嫉妒，但如果我家人突然這麼對我好，我也會覺得怪怪的。人是很矛盾的，別人對你不好，感受會很差，但對你很好，卻不代表感受會很好。無功不受祿，禮物收多了，難免彆扭。」

「你什麼時候這麼會分析了。」

「只是設身處地想了一下，畢竟那是我聽過最扯的煩惱。」

「你也有孩子了，會這麼寵孩子嗎？」

「很有錢就有可能，但沒辦法寵得這麼滴水不漏。你說你家人把你寵成那樣，我覺得是刻意的。」

「為什麼要刻意？」

「我怎麼知道！如果……我是說如果，如果我把自己的小孩寵成那樣，大概是因為我覺得虧欠他，想彌補什麼吧。這樣說好像又太誇張了，也許你爸媽真的是因為你搬回家太高興了。」

這就是矛盾所在。我感覺不到他們是因為有虧欠感才這樣做的。

我感受到的是，他們單純希望我更快樂，像失而復得似的那種情緒。如同自己快要失去一個人的時候，對著上天大喊：「只要能讓他活著，我什麼都願意做！」的那種感覺。

但這太扯了！

4

我心中的大石頭稍微卸下了一些。

花了一大筆錢，找個藉口把父母送去做了最精密的全身檢查，雖然精神疾病的項目比重不多，但也私下拜託了醫生多留意加強。最後的結果出爐，只有一些上了年紀的小毛病，而我特別關心的精神狀況，沒有什麼問題。

「你也只能做到這樣了。你爸這幾天心情倒是不錯，我想可能是當時壓力太大吧。」收到報告後，我將情況轉述給梁睿昕，她這麼說。

「謝謝妳介紹認識的醫生。」

「沒什麼，沒事就好。」

「嗯。檢查的時候我有問我爸那時研究的東西是什麼，想看他會不會順口說到讓他心煩的事，結果他開始跟我解釋一些什麼量子、蟲洞，越講越興奮，我聽得腦袋都一團亂了。感覺上，他好像沒什麼不高興的地方，也不時稱讚自己的團隊都很優秀。」

「那可能是我多慮了。不過你找你爸聊研究，別妄想他會講得淺顯易懂，他這輩子都奉獻給科學了。如果你想聽大眾版的解說，我可以講給你聽。」

「不用了！就算是兒童版的，我也聽不懂。」

「有時候真的很難相信，你會是科學家的兒子。」睿昕最後這麼調侃著。她的心情稍微放鬆了一點後，人也快活了許多。

忙碌的工作一天後，今天我又特別晚下班。回家時家人已經睡了，便躡手躡腳的走上樓進我的房間。最近都盡可能的不吵醒我父母，因為健康檢查後，他們一直堅持要支付健檢費用，我已經推託了好幾天。

家人寵我寵上天的舉動，原本我也想告訴梁睿昕，後來想了想還是作罷。我們才剛恢復聯絡，過去一年來她又一直擔心我父親的情緒，不想要再多一個讓她覺得我父親是怪人的理由。更重要的是，我不希望被當成一個媽寶或爸寶，甚至是妹寶……雖然我已經挺接近了。

「哥，你要睡了嗎？」正當我準備睡前玩一下電腦時，莉婷敲了我的房門。

「等等吧，怎麼了？」

「我想問爸媽的健康檢查，我還不知道結果。」莉婷跳上我的床後坐著問。

「沒什麼問題，爸的血壓有點高而已。」

「聽說檢查費一個人就要四萬多，有那麼貴？」

「對啊，我給爸媽做最好的那種，是不便宜。不過若能提早檢查出什麼狀況、趕快治療，我就覺得還好。」

「怎麼突然想到這麼做？」

「不算突然吧。爸媽也上了年紀，送他們去做健康檢查很正常。」我斜眼看了一下莉婷，接著問：「我知道我問過了很多次，但我還是很想知道，為什麼你們突然間對我這麼好？」

「又來了！一家人對彼此很好有什麼奇怪的，你想要我們對你不好嗎？」

「我不是這個意思。」

「所以你想太多了！」莉婷丟下這句話後，就跳下床打算離開。

「每次問你們這問題就急忙走人或轉移話題。這大半年來跟你們幾乎沒講到太深的話，感覺自己很像客人——當然，是被奉為貴賓的那種。妳知道我的意思吧？」

「哥，你怎麼會這樣想？」莉婷停住了腳步，轉身面對著我。

「因為以前不是這樣子。」

莉婷站在門邊盯著我的雙眼，淺淺笑了一下，「你一向都很獨立，也不怎麼需要人家照顧，所以才會一時不適應。爸媽一直都是這樣的人，我真的覺得這沒什麼。別亂想，晚安啦。」

我承認自己是愛亂想。但莉婷真誠的表情、鎮定的肢體動作，以及語句的用詞，都顯示著一件事實：她在說謊。

✷

這下子我睡意全消了，多希望自己真的只是胡思亂想。這麼一段時間以來，即使不想用到判別騙術的方式，也早就直覺到他們不對勁。家人之間不需要太多專業手段，只需要憑感覺。我一直不想承認，自己早感覺到他們跟我說的話都是準備過、排演過的台詞。只是一旦承認了這個想法，接下來要怎麼面對他們？

接著我想到了父親的精神狀況。難道，梁睿昕的擔憂並不是杞人憂天？或許狀況比我想像的還嚴重，以致家人想要對我保密嗎？這樣想是好一點，卻也代表我父親的情況不太妙，又讓人感覺好不起來。

我說服自己一切都還有誤判的可能性，莉婷可能真的想睡了才敷衍我。這種還不確定的事情，胡思亂想下去也沒用。

關了燈後，我亮起了手機，隨便瀏覽著網頁。這樣子很傷眼，但我需要讓眼睛疲勞一點好快點入睡。這時，有個論壇的文章引起了我的興趣。

那是專門發表各種驚悚、詭異事件的論壇，有個主題是「對面人家的草皮」，發文者「媽媽我愛飯冰冰」。這暱稱同樣很詭異。我滿好奇草皮是有什麼事情可以被列入詭異事件的。

最後，我點進去看了。

5

分類：驚異版
主題：對面人家的草皮
作者：媽媽我愛飯冰冰

——回應總覽——

↓01:21 紙老虎：好噁心……

↓01:21 馬可波羅：真的假的，這樣感覺是謀殺案了吧？

媽媽我愛飯冰冰回覆：一切都還未明。

↓01:22 王肚皮：不報警嗎？

↓01:23 紙老虎：對啊～要報警吧！

↓01:23 湊＋苗：沒證據怎麼報？

媽媽我愛飯冰冰回覆：所以我才想要跟那家的兒子混熟。

↓01:24 王朝：也許真的懶得倒垃圾，有些人就喜歡挖洞。

↓01:25 湊＋苗：看起來兒子好像不知道。

↓01:25 湊＋苗：但你說那兒子覺得你是怪胎，還會想理你嗎？

媽媽我愛飯冰冰回覆：他每次都跑很快。可能我每天早上這樣出現也很怪。

↓01:25 王朝：半夜偷看人家也挺怪的吧。

↓01:26 馬告港：自己嚇自己。

↓01:27 龐德女狼：都半年了，就算真有也剩骨頭了吧。

↓01:27 湊＋苗：埋土裡的屍體若正常條件下半年是可以完全分解。

↓01:27 湊＋苗：若有用垃圾袋包著，應該還沒完全分解完。

↓01:30 龐德女狼：樓上屍體系？

↓01:35 湊＋苗：維基百科系

↓02:35 杰哥：你很常跟那兒子見到面嗎？

媽媽我愛飯冰冰回覆：我這陣子常常趁他上班前裝沒事站在門前。

↓02:36 湊＋苗：下次就直接上前問了，反正都被當怪胎了。

↓02:37 杰哥：還是你做了什麼事情讓他覺得你是怪胎？

媽媽我愛飯冰冰回覆：除了講話結巴……還不小心撞倒過他手上的咖啡，還有門口花盆。

→02:38 龐德女狼：是我就報警了，但是是抓你……

→03:45 杰哥：那你就再試著問問看。

✷

「飯冰冰，跟我去兜風吧！」我笑著說。

「啊？啊！你幹什麼？」

對面那名怪鄰居，今早又裝沒事的在門口閒晃，但這次不同的是，我坐在車上把他叫了過來，他也真的乖乖過來了。我騙他有東西要搬，不知道是不是能占用他一點時間幫忙，他也立刻答應了。等他坐上副駕駛座，繫好安全帶，我便將車門上鎖，踩下油門衝了出去。

「你要做什麼？你怎麼知道我的暱稱？」飯冰冰驚慌的問。

「緊張什麼，又不是載你去棄屍。」

「難道……你……」

「我怎樣？」

「救命啊！」

飯冰冰突然扯開嗓子大喊，接著開始拍打著車窗。

我沒料到他會是這種反應，明明人高馬大的，膽子卻這麼小。只好急忙剎車，並按住他的肩膀，他整個人龜縮起來，雙眼緊閉，一隻手擋在臉前，似乎很害怕我會對他怎樣。

「我什麼都沒看見，我沒有在網路上發表什麼。不管你看到了什麼，都不是我寫的，一定是有人駭進我的電腦。我真的沒有看過什麼三個垃圾袋，也沒有看到你爸在挖洞……」飯冰冰嚇得不停反覆叨唸著。

「什麼都不知道，卻講得很詳細！」

「我真的什麼都不知道！你放過我，我還年輕，我才二十七歲，我不想被活埋，我不會那麼好奇了。不對，我什麼都不知道。」

「飯冰冰，冷靜一點！我是……杰哥。」講出自己的網路暱稱感覺怪不好意思的，但總比他的怪暱稱好很多。

「杰哥？」聽到了這名字，他才抬起頭來看著我。

「網路上慫恿你繼續跟我混熟的那位啦！肚子餓不餓啊？我請你吃早餐，吃過飯會熟一點，是吧？」

「好……」飯冰冰似乎稍稍卸下防備心，戰戰兢兢的坐著，依舊不敢看我。這不是我平常的作風。我才不會隨便拉人進車裡還鎖門加暴衝，但這陣子心情已經夠複雜的情況下，看到一篇在講我家的文章，內容又這麼「精彩」，我真的忍不住。如果可以，我希望自己不要這麼衝動的把飯冰冰拉進車，他的衣服皺成那樣，也不知道有沒有洗澡，幸虧沒什麼臭味。但我現在唯一想做的就是立刻讓他全盤托出詳情，不想讓他有考慮的空間。

「好吃嗎？」我看著狼吞虎嚥的飯冰冰，忍不住這麼問。

我有個怪癖，挺喜歡看到人家吃東西吃得很滿足的樣子，一個人若可以在你面前放開大吃大喝，代表他信任你。雖然飯冰冰可能只是單純餓了，不過看他吃得津津有味，我也不忍心逼問他，先讓他好好吃完再說。

「你真的要請客嗎？我可以再點一份牛肉漢堡嗎？」飯冰冰吞下最後一根薯條後這麼問。

「是啊……」看來食量大是他唯一符合外型的地方。

「你品味很高耶，沒想到連早餐都會在餐廳吃，這間好貴！」他對著服務生加點了一份牛肉漢堡跟美式炒蛋及蘑菇濃湯，轉過頭對我這麼說。

「我也是第一次在這裡吃早餐，現在有點後悔了。但這裡有隔間夠隱密，雖然不知道待會會聽到什麼，但我有預感內容不太適合讓人聽見。」

自己終究是半哄半騙的將人強行帶出來，良心過意不去，又需要一個較隱私的地方，便忍痛載他來了餐廳。希望我這頓飯錢沒有白花，他最好會講出重點。

等漢堡來的途中，我見他開始喝飲料，趁機發問。

「首先很抱歉這樣把你帶出來，嚇到你了。」

「沒關係啦……不過你怎麼知道那篇在講你家？」

「只要是住那社區的人都知道你在說什麼，而且那社區會洗完車就躺在草皮上睡覺的人，也只有我。」

「我不是故意要偷窺的。」他強調。

「算了，反正我現在知道你這陣子為什麼這麼詭異了。你還知道什麼？」

「我知道的都寫在上面了。你有把垃圾袋挖出來嗎？」

「誰敢挖啊！如果真的是……」

「看來你真的什麼都不知道，你家人隱藏得很好。」

我不想跟今天才認識的飯冰冰坦白太多事，但或許那就是我家人這一段時間以來行為怪異的主因。

「飯冰冰！我爸媽明天會去鄉下找我外婆，我妹要去班遊，家裡這兩天只有我一個人。你說你是 SOHO 族，明天下午有沒有空？」

「要幹什麼？」

「你要跟我一直待到晚上。下午陪我去買工具，我不想一個人去，壓力太大。」

「你不會是要想挖出來吧？」

「如果真的有東西，不確認也不好說。我不想一個人挖，反正你都看到了。」

「如果真的是那三名小偷，怎麼辦？」

那便是我家人殺人的證據，我也不知道該怎麼辦。我沒辦法回答這問題。

「之後再說，你可以吧？算我拜託你了，飯冰冰。」

「好吧……反正我最近也沒什麼案子，又吃了你一頓，而且這本來就是我想知道的事。」

「我另外拜託你一件事，明天去買東西的時候，你可不可以換一件比較乾淨的衣服，我不想跟一個流浪漢去購物。」

「你講話真直接耶，這是工作服！」飯冰冰尷尬的笑了一下，接著說：「那你也不要再叫我飯冰冰，聽起來怪不好意思的。」

「喔？忘了自我介紹，我叫韓宇杰。」

「我叫余尚文。」

接著余尚文加點的餐送來了，我們便停止交談，一直到送他回家，都沒再說過話。看著他進門後，我轉頭看向我家大門，一望進去後便能看見草皮，草皮下可能有著我想知道又不想知道的東西，令我內心著實五味雜陳。

6

這輩子第一次買鏟子，竟是為了證實自己家人有沒有殺人，我都不知道該說什麼好了。

余尚文很配合的換了一件乾淨的衣服，至少他是這麼認為的。但在我看來，那只是皺褶少一些，沒有醬料汙漬而已。他上車前見到我的表情，還不忘強調他的衣服很乾淨。

「為什麼要晚上挖？」在一堆鏟子面前，他突然這麼問。

「你覺得白天適合做這種事嗎？」

「晚上做更詭異，你不會是挖出來後要順便棄屍吧？」

聽到他這樣講，我瞪大了眼睛看向他，他似乎也被我的表情嚇到了。

萬一草皮下真的是三具歹徒的屍體，我也不能接受家人要受到制裁。那三個王八蛋隨便闖進人家家裡，被打死也是活該，我的家人不該為了三個壞人斷送未來。

「我不回答假設性的問題。」我拿起鏟子後，冷冷的看著余尚文，接著另一手拿起了鋸子。

「哇哇哇，你不需要另外一個東西。」余尚文謹慎的將我手上的鋸子拿走，接著對我說：「多買一些垃圾袋，還有一綑繩子。」

「什麼意思？」我不解的問。

余尚文靠近我耳朵旁，輕聲說：「我知道一個懸崖，很多自殺的人跳下去都找不回來，好像是水下有暗流跟洞穴。埋在地上被發現的機率都很高，只有丟到那裡去才安全。」

「你……」我詫異的看著余尚文。

「我知道我們不熟，但我明白你的感受。那三人死有餘辜，你家人沒必要為這種事情受罰，我想這半年他們也夠難受了，我會保守祕密的。」余尚文聳聳肩，接著說：「用火燒也可以，可是有三具，很有可能會被發現。」

「前提是真的有……屍體。不過還是多買一點垃圾袋跟繩子吧。」我焦慮的嘆了一口氣，繞過余尚文而去。

很快的，到了我不願來臨的夜晚。我坐在內門前，看著眼前那塊草皮出神。余尚文經過我的同意後在一旁抽菸，也遞給我一根。我抽了。

「我買了一些啤酒，喝了會好一點。」余尚文這麼說。

「給我一瓶。不，兩瓶好了。」我閉著眼搖頭說，直接打開一罐一口氣喝光，接著開第二瓶。

「看你的樣子就是個乖乖牌。」余尚文見我這樣，突然這麼說。

「什麼？」

「我是說，你應該從小到大都很守規矩，小時候也許是父母很要求，但長大後自己也習慣了。我敢說你大學從沒翹課過，就算有也會心虛，最後還會補假單。」

被說中的感覺讓人很尷尬，我不知道要回什麼。

「我不是什麼媽寶，當完兵我就獨立了。我是突然被叫回來住的。」

「我知道，你強調過很多次。」

「但我確實不擅長面對這種事。」

「擅長還得了。我不是乖寶寶，也不代表我擅長這種事。放心吧，不管下面埋的是什麼，我都會幫你的，就當做敦親睦鄰。」

我低吼了一聲，但也只能硬著頭皮上了。

關掉庭院的燈，在晚上八點鐘，鄰居都吃飽飯、散完步、回家看電視後，我們才開始行動。唯一看得到我家庭院的房間主人就在這裡，相信這次不會再有人發現異狀了。余尚文認識一個專門在販售草皮的人，傍晚已確認過購買數量，明早我們會去取貨，這樣我家人明晚回家，庭院會像什麼事都沒發生過。

挖了一陣子後，我手中的鏟子感覺到一種非土壤的東西。

「還真的有……」我閉上了雙眼，皺眉說。

接著我們控制好力道，慢慢的將土壤撥開。雖然光線不佳，卻還是很清楚的看見，有三個大垃圾袋在草皮之下。我的心立刻揪了起來，也不知道是不是酒灌太猛，用力過度，頭變得有點暈。我鼓起勇氣摸了垃圾袋一下，就突然眼前一黑。

失去意識前最後的念頭是，還不知道袋子裡頭是什麼？但如果是屍體，觸感很接近。

✷

「醒醒啊！」

很像遠方傳來的聲音，接著慢慢調大了音量，越來越接近。我猛然一睜開眼，余尚文緊張的表情出現在我面前。他把我抬進屋裡的沙發上了。

「我怎麼了？」

「你暈了半小時。那三袋我拿出來了，本想等你醒來再看，可是剛剛忍不住好奇，就先拆了一個。不拆還好，看了差一點沒把我嚇死，剛剛也緩了好一陣子。第一次這麼近距離接觸屍體，真的是太恐怖了。」看余尚文的臉色蒼白，似乎也受到了不少驚嚇。

「然後呢……」雖然問了，我卻希望他不要回答。

「是屍體沒錯。等一下，不准再暈過去了！因為有點不對勁。」

「哪裡不對勁？我家人真的殺人了，我待會就要去棄屍了！」

「你冷靜一點！當時我看過監視器，闖空門的是三個男人，可是那三袋裡只有一個是男的，其他兩具都是女的。雖然腐爛得很噁心，但看得出來絕對不是那三個歹徒。你要看看嗎？」

我不想看，誰想看那種東西！余尚文見我猶豫了，開始不停催促，如果要棄屍便得再裝袋，他一個人做不來。

他先遞給我一罐啤酒，我喝了一大半，才鼓起勇氣，重新回到庭院。一股噁心的腐味撲鼻傳來，再不快點處理，被附近鄰居聞到就麻煩了。余尚文戴上了事先買好的口罩跟手套，也給我一副。我戴好後，怯怯的走向那三具屍體。

屍體沒有完全分解，但已爛得差不多。從衣服及殘存的毛髮來看，是一男兩女無誤。

這三個人會是誰？

突然間，我不知道哪來的勇氣，竟然靠近細看了一下。這一看，竟嚇得我全身寒毛豎立、頭皮發麻。

「余尚文……這三具屍體……很像我的家人！」

7

屍體腐爛得很嚴重，我主要是從衣服判定，還有直覺。我沒亂說，雖然聽起來很不科學，但我感覺那三具屍體就是我的家人。一男兩女的屍體，其中一個女的衣著很明顯是年輕人，另一個女的是婦女。

「你亂說！早上才見你家人出門。這些屍體已經埋在這裡半年，死得超透的，你知道自己在說什麼嗎？」余尚文想都沒想就反駁我。

「我知道自己說了什麼，聽起來很不可思議，我也很清楚。今天早上跟我說再見的那三個人，我相信他們還活著，但不是這三個人。」

「ＯＫ！我聽不懂了。」

「我覺得我家人行為舉止很詭異已經好一段時間了，卻一直找不到原因。昨天見過你後，我認為是他們殺了人才這樣。但如果是現在這種情況，我想也許事情會更合理。現在整形技術這麼發達，取代一個人……說起來好像也沒那麼困難吧？」

「等、等一下。你是在說你原本的家人已經被殺了，現在跟你生活的是三個冒牌貨？天啊！我要去報警了！」余尚文顯然已經耐不住性子。

「等等，先不要報警。我家人的怪異，是對我特別好。如果他們要謀財害命，為什麼要對我這麼好？」我連忙阻止余尚文，將他的手機搶了過來。

「你們家庭關係是多複雜啊？」余尚文快要抓狂了。

「我腦袋一團亂，你給我一點時間整理一下。」我狂揉著太陽穴，接著返回屋內。

「不管如何，先裝袋好嗎？你不想要鄰居聞到這股味道吧。」余尚文在我後方說。裝袋？我突然間想到了一個辦法，便立刻奔進屋內，出來時拿了三個夾鏈袋。

「這太小了吧！」余尚文手裡拿著買來的垃圾袋，不可置信的看著我。

「不是！你幫我一下，我要把這三具屍體都取一些檢體。」我嘴裡咬著筆蓋，分別寫上記號後，也沒空蓋上筆蓋就吐掉。

「檢體？」

「如果是我的家人，DNA跟我就會相符。我有認識的人，應該可以幫上忙。」

余尚文一副「你瘋了」的表情，但還是勉為其難的幫了我。隨後我將三具屍體各取下一些毛髮跟腐爛的組織，分別按照記號，裝進夾鏈袋中。檢體採完，我們便將屍體再度裝進垃圾袋，接著用繩子牢牢捆緊。

庭院裡現在還一團糟，但我們暫時還不知道下一步要怎麼做。余尚文先是拿了電風扇吹庭院，接著拿起芳香劑開始亂噴，一陣子後，腐臭味才漸漸散去，被濃烈的薰衣草香精取代。

「你想到要怎麼做了嗎？丟海裡還是埋回去？」余尚文滿頭大汗的躺下來。

「埋回去好了。如果這三具屍體真的是我的家人，那就得保存好。等DNA確定是我家人後，就有證據可以報警。」

「現在就報警，警方也會做DNA檢測。」

「不……我剛剛還想到一件事。我爸在實驗室工作，有些機密文件只有他才能開啟。那份工作保密很嚴謹，不只是指紋掃描，有時候還得用針刺手指頭取一滴血，但他都是順利通過的。」

「我已經跟不上你的話了。」

不止余尚文，我也不清楚自己在說什麼了。在剛剛極度的驚嚇後，現在的我異常冷靜。我心知肚明這只是暫時的狀態，所以必須在我再次崩潰前，把能做的先做完。

那三個貌似取代我家人的冒牌貨，除了完全沒被人識破以外，其中一個人還可以順利通過實驗室的精密檢驗，加上又對我很好，實在太違反常理。

「簡單來說，你覺得那三個冒牌貨似乎也是你家人，但你又確定那三具屍體是你家人，是這樣嗎？」余尚文聽了我一連串解釋後，這麼下了結論。

「對！」我訝異他竟然可以理解，興奮的大叫一聲。

「你知道這不可能吧？」余尚文差點沒翻白眼。

「我知道這根本是瘋言瘋語。但我不知道為什麼剛剛看到那三具屍體，腦中竟然就出現這樣的想法。」我的冷靜時刻已經快要結束了。

「我們社區的監視器畫質那麼差，也許三名歹徒實際上是一男兩女。如果報了警，你家人就會有麻煩。當然，也有可能那三名冒牌貨會堅稱屍體才是歹徒。不論如何，現在就立刻報警，都極有可能會害到你家人，或是讓你陷入危險。因此，你想要先悄悄驗ＤＮＡ，才能知道下一步該怎麼做。」

「你不是說會敦親睦鄰嗎？我現在真的很需要你這麼做。」我的思緒已經全攪在一起，幸虧余尚文還可以這麼冷靜的分析。

「我就好人做到底吧。」

接著我們便將三袋屍體埋了回去，照計畫明天把草皮鋪完整，再按兵不動，一切等待DNA的檢驗結果。

完事以後，已經午夜，我載著余尚文到附近的二十四小時餐廳用餐。我沒有食欲，但他餓了，我也不想獨自待在家裡。

今晚經歷太多事情，此刻的我腦袋裡有幾萬個結，身體還在微微顫抖著。

「你在幹嘛？」我餘光掃到余尚文拿出平板，開啟了那篇網路文章。

「我覺得還是刪掉好了。你都可以發現這篇文章，難保三名歹徒不會看到。盡量別有多生事端的可能。」余尚文呼了一口氣，接著問我DNA要去哪裡驗。

「一般的醫院要有太多文件申請，也不會讓我去比對來路不明的屍體，只能找認識的人幫忙。」我自言自語完後，瞄了余尚文一眼，接著說：「還有……你想退出也沒關係，我知道你沒理由幫我做這些事。但我希望……你可以幫我。」

我支支吾吾的說著。

「也是，好像不關我的事。」

「嗯……」

「要不然，事成之後，你幫我多拉一點客戶，當作禮尚往來。我看你應該認識不少經濟能力不錯的人，也許知道哪些人有找設計師的需求。」

「啊？設計師？」我腦子亂到沒有聽清楚他整段話說了什麼，但有抓到「設計師」三個字。

余尚文顯然有點尷尬，「我現在是自己接案，所以穿得比較隨興，見客人的時候可不是這樣子。別看我這樣，我設計的作品很棒的。現在知道我不是流浪漢了吧！」

「或許是我才更有機會變成流浪漢。」我搖搖頭，忍不住嘆氣。

8

「做不到！」梁睿昕沒有多做考慮，我話都還沒講完就一口回絕。

一早聯繫了她，想請她能否幫我做DNA檢驗，但要跳過那些文件申請，偷偷的做。在她逼問下，我才勉強透露出有三袋檢體是來自不明的屍體。我需要她幫我鑑定我與三位屍體間、以及三位屍體彼此之間的親子關係。

「我知道這樣很為難，但妳肯定認識會做這種檢驗的人。」我囁嚅的說。

「超為難的！不僅不合理，還違法！為什麼要做親子鑑定，你懷疑自己是被收養的嗎？」

「我寧願只是單純的收養問題……」

「還有，你哪來的屍體，怎麼可以隨便破壞？」

「屍體不用破壞也已經……夠壞了。重點是妳可不可以幫忙？」

「韓宇杰，這不是做食品檢驗，繳錢、送樣品就可以辦到的。破壞屍體，違法檢驗，被抓到不是罰個錢就沒事！」

「我知道了，妳不能幫忙。我再想辦法。」我閉上眼，深怕她再追問下去，打算直接開溜。

但梁睿昕顯然不肯罷休。在我轉身準備離去時，她一把抓住了我的外套，將我再轉回去，推到沙發上，接著站在我面前，雙手叉腰，一臉嚴肅地盯著我。

「這不是平常的你，一定發生了什麼事。沒解釋清楚，我不會讓你走。說！」梁睿昕惡狠狠的威脅，最後一個字幾乎是用吼的。

我以前最愛她這麼凶了，但今天我多希望她可以不要這樣。她只要遇上了工作以及嚴肅的事情，翻臉比翻書還快。

「睿昕，我……」我想自己的臉色一定相當蒼白，也感覺全身都在冒冷汗。

「如果你能說清楚，我答應你會考慮幫忙。我的確認識可靠的人，可以非常安靜、迅速的完成那些事情。」

她都這麼利誘了，而且我怕被她打（因為她真的會），很快便說出了所有事情。

✷

不愧是科學家，梁睿昕完全不怕那些屍體，此時此刻竟然貼超近的觀察。

我花了一些時間轉述來龍去脈後，梁睿昕選擇了先相信我。一方面是她曾經對我父親的情緒問題有過質疑，所以嗅到了一絲絲關聯性。另一方面，她認為我不會這麼胡鬧。看來我做人還算成功。

她吩咐我跟余尚文將屍體重新挖出來，接著搬進我家的倉庫，還帶來了一些專業的器材。她一看到屍體後，也明白了為什麼我會覺得那三具屍體是我的家人。

「根據你們所描述的掩埋條件，這三具屍體確實死亡了一段時間，當然還要更進一步確認細節才行。三者死因都是刀傷，男子是胸口遭刺，兩名女子應該是被割喉，都是大量失血而死。看到這些膠帶跟繩子嗎？他們死前應該是被人綁起來跟封口。」梁睿昕看完後，這麼對我們說著。

「沒想到妳還會驗屍。」我不敢繼續看屍體，撇過頭說著。

「我不會，我的專長是分子物理。我只是將觀察到的事情做一點推論，你們兩個要是靠近點看，也會發現的。」梁睿昕說。

要我再一次近看，免談！

「一般公司會有這種職位喔？」余尚文好奇問。

「我們公司跟很多大學有合作，不算純商業，偶爾也會發表學術性質的論文。宇杰的父親也是大學講師，之前我們就一起發表了一篇研究。」

「聽起來真專業……」

「現在重點先放在這三具屍體上吧！」梁睿昕轉頭看向我，接著說：「這三具屍體確實很像你爸你媽還有你妹，所以我答應你，會幫你做檢驗。問題是，跟你生活了半年的那三個人，又是誰？」

「韓宇杰認為那也是他家人，說是一種感覺。」余尚文搶著幫我回答。

「整形技術再發達，有些東西也無法改變。指紋可以偽造，眼睛或血液卻無法取代。你父親這半年來，視網膜掃描或手指血液取樣都有通過，可以證明是本人無誤。」梁睿昕也明白這事情有多麼不可思議，不禁用手托著下巴開始沉吟。

梁睿昕也不認為跟我生活半年的人是歹徒。會用這種完全取代一個人的方式犯案，好歹是有一定規模的犯罪組織，但專業集團怎會把屍體隨便埋在庭院？

而我已經不知道應該要先關心哪件事了。

梁睿昕接著要我們將屍體再包起來，但不能埋回去，她有個地方可以暫時存放，等到DNA檢驗結果出來，如果要報警再做決定。

「這樣做真的沒問題嗎？」我憂心忡忡的問。

「問題可大了。如果最後要報警，光是我們擅自搬運屍體，警方絕對會追究到底。只是現在情況有點複雜，一旦報警，很多我們想知道的可能再也無法得知和調查下去。況且，這有可能會牽涉到你的人身安全，所以你要先搞清楚自己面對的是什麼。」

「好像會害了妳。」

「我不會有問題。還有，你現在去你爸媽和你妹的房間，從枕頭、梳子或帽子裡，找看看有沒有頭髮，或者皮屑最好，每一樣都分別裝袋給我。」

「要幹嘛？」

「還不知道，但我要確認一些事。」

梁睿昕的神情有點不大對勁，但她只強調之後會告訴我，現在多說無益。接著她就帶著屍體以及我從房裡分別取得的樣本先走了。我跟余尚文照計畫去取了草皮，下午便將整個庭院恢復原狀。

接下來，我編了理由騙過「家人」，傳簡訊給他們，說我臨時要出差，便找了個旅館住下。在報告出來前，我真的不知道該怎麼面對那些可能不是我家人的人。我知道自己太沉不住氣，但我需要逃避現實一下。直覺告訴我，先避避風頭冷靜冷靜，否則接近崩潰邊緣的話，我隨時會倒下。這最後一絲的理性，希望我能再保持久一點。

✷

就這樣茫然的過了幾天，我終於等到了梁睿昕的來電。

「宇杰，你仔細聽好了。那三具屍體，以及現在與你生活的三個人，都是你的家人！你跟那三個人還有那三具屍體，都有親子關係。」梁睿昕呼了一口氣，「總而言之，那三人與三具屍體，是同一批人！」

我曾聽說在世界上會有三個人跟自己長得一樣，原來是真的。只是我沒想到，竟會連ＤＮＡ都一樣。

這是什麼跟什麼啊？

梁睿昕在電話中要我立刻去她家，因為她有一件更嚇人的事要告訴我。

9

一年多前，我父親帶領實驗室團隊發表一項研究，得到了很大的迴響。不過我從來不知道那是什麼，因為我聽不太懂，只知道還在理論階段，但技術實現的話，可以縮短貨物的運送時間。

「如果我告訴你，那項研究在三年前都還處於初始階段，你第一個念頭是什麼？」梁睿昕在我一到她家後，連掛外套的時間都不給，就先這麼問了我。

「呃……你們的研究速度真快。但我不知道多久才算真的快。印象中一項較大型的研究開發，都是好幾年起跳。」

「沒錯，所以是超乎尋常的快！」

梁睿昕解釋，那本來只是一項被認為天方夜譚的技術，只有少部分理論推測也許可行。三年前，我父親得到了公司的贊助，有少許資金當作探討經費，並不打算玩真的，只希望能提供不同角度的報告，讓合作的大學做學術研討使用。

一直到兩年前，團隊都沒有特別認真的做研究，大家都認為那是目前不可能發展出來的科技。

「一年半前，你爸突然關注起那項運輸技術，並且提出許多數據、資料，而我們都不知道他什麼時候做的。整個計畫的進度在短時間內大幅超前，雖然僅是理論，卻已經有了發表的價值。」

「妳是說，他一個人把那項研究包辦了？」

「是的。你爸也是在那時候開始，脾氣變得很古怪。」

「我以為我爸的情緒問題已經不重要了。」

「宇杰，你爸一直都不是一個好大喜功的人。一年半前，他不知道突然從哪裡生出來的資料，急急忙忙的想要發表，像是急著證明什麼。那根本不是他。我想說的是，也許那時候，你爸就變了一個人了。」

我有點心亂了。

埋在庭院的屍體只有半年時間，如果我爸真的被複製人取代，也是半年前的事情而已，怎麼突然又拉長到一年半前。還有，那我媽跟我妹為什麼也被複製人取代了？

「我還沒講到更嚇人的。」梁睿昕接著說：「這幾天我當了小偷，趁你爸不注意的時候，溜進了他的辦公室還有保險室。我花了好大一番工夫，取得這份紀錄，內容真的是讓我……驚呆了！」

運輸技術之所以還是理論，正是因為那項技術，是想創造一個可以瞬間移動物品的管道。而我爸的研究竟證明這項技術可行之日已不遠了！

「這項技術如果成功的話，可以扭曲空間，進而發明出縮短運輸的技術。如果再繼續研究下去，有可能可以創造穿梭另一空間的蟲洞。只是我們能做到這程度已經很厲害了，還沒人想到那麼遠。目前一切都是理論，真的要發明出來，不知道有生之年見不見得到。」

「妳不會要說，我爸又完成了……」

「他早就完成了！只是刻意撥出一小部分來發表。」

「哇，妳讓我消化一下。妳是說，我爸在一年半前，就已經找到了可以穿梭時空的方法，然後僅僅發表一小部分，打造成仍在理論中的商用運輸技術而已？」

「我前幾天要你去收集家人的頭髮，就是因為我有預感和這件事情有關。」

梁睿昕知道這項技術如果繼續研究下去可以創造什麼東西，因此在看到了屍體時，便先排除複製人取代我家人的選項，轉而去尋找可能性更大的證據。正如她所料，我父親對於該項研究已經相當超前，如果真創造出什麼東西來，也不是不可能。

「妳不會是想說……我的家人來自另一個時空？」

「根據這幾天我熬夜研究所有的資料來看，你爸可能發明了一台能穿梭時空的機器。而那是你另一個時空的父親，一年半前，他來到了我們這個空間，取代了你真正的父親。你媽跟你妹應該是隨後被取代的。」梁睿昕接著說：「這批訪客似乎沒有立刻殺人，而是在半年前才一口氣解決。宇杰，下一個有可能就是你。」

✷

這是我輩子聽過最荒誕的推理！

我家人被來自平行空間的人殺了！還被取代了！

他們還跟我生活一陣子了！

說我相不相信梁睿昕？我只知道我朝她吼了一句：「聽妳在放屁！」就甩門離開。但我也不敢回家，就躲在車上。我整個人心亂如麻，什麼都不確定，只知道事發至今，腦中最後一絲的冷靜正式宣告消逝。

她沒有追上來，只是瘋狂的撥我手機，但我一通都不想接。之後，她轉而傳簡訊，先問我人在哪，接著便要我無論如何都不要回家。我爸媽也打了好幾通來，我也同樣沒有接。我不知道我該相信誰了。

最後，我不確定自己是怎麼開車回到飯店的，也不知道有沒有停好位置，進入房間後，我立刻就癱軟在地。

我的家人換了一批，這是事實。

怎麼換的？待確認。

我家人對我很好，這是事實。

會殺我嗎？待確認。

所有的事情都待確認，只有一件事情已確認：我熟悉到不曾特別去注意過，也認為會一直存在的家，沒了。

爸爸、媽媽、妹妹，可能不存在了。這世間只剩下我自己，無依無靠、孤零零的。

強烈的恐懼感及孤獨感，讓我徹底失魂落魄。

「這是在做夢吧……」我喃喃自語著，接著彎下身去，額頭用力敲著地板，希望這樣能夠從惡夢中醒來。

敲了好幾下，我仍舊在這裡，但也越來越暈眩，最後便昏了過去。

10

我被開除了。

這也是當然的，哪間公司會忍受員工消失好幾天？主管的簡訊不知是何時傳來的，叫我永遠都不用再進辦公室了。我瞄了一眼，沒什麼反應，繼續放空。

住在飯店第五天，恢復了一點思考能力，開始考慮要不要移去廉價旅館，或者是乾脆租房，要不然這麼燒錢下去也不行。或許我可以搬到很遠的地方，找個沒有支付保險的工作，先隱身一陣子。反正我才二十八歲，如果沒意外的話離死掉還很久，重頭開始也不是沒戲唱。

正當自己還在胡思亂想、策劃未來時，有人敲了我的房門。這幾天我都是託余尚文幫我採買日用品，可能今天也要麻煩他幫我找一台筆電，讓我可以開始找房子跟找工作。

「你怎麼可以不接我電話？你不知道我會擔心嗎？」

一開門，梁睿昕便衝了進來朝我一陣猛捶亂打。余尚文隨後默默跟上，眼中滿是愧疚。

「我叫你別回家，也不是要你搞失蹤，我可以幫你想辦法啊！」梁睿昕又氣又哭的對我吼叫著：「你怎麼可以搞消失！」

「梁小姐，妳不要再打他了，他最近沒吃什麼，很虛弱。」余尚文怯怯的勸。

「是你帶她來的？」我趁梁睿昕冷靜下來後，轉頭問余尚文。

「她好像想到驗屍那天有我這個人，也想起了我住你對面，剛剛突然跑來找我。我發誓我沒有立刻說，是她揍了我一拳後才……」余尚文摸了摸臉頰，我一看，確實有點紅腫。

梁睿昕抽了幾張面紙，擤了擤鼻涕，接著用手抹去眼旁的淚水，清了清喉嚨，才對我說：「算了，你沒事就好。我帶你去吃東西，把衣服換上。」

余尚文立刻奉上手提的袋子，是剛剛梁睿昕拉著他去買的。

「整理一下，待會兒退房。我爸在市區有一間公寓要出租，要我幫忙找房客，但我一直沒認真幫他找。你去住那裡吧，家具都有。」梁睿昕帶著鼻音對我說，接著命令余尚文替我搬行李。

「對不起……」我像個做錯事的小孩，低頭囁嚅著。

「算了！聽說你工作沒了，你老闆已經打電話到你家，你爸這幾天也問我知不知道你在哪裡，幸好我是真的不知道。」

那批假家人已經知道我出了事而懷疑我，一定會盡全力找到我，所以梁睿昕才會急忙搶先來找我。她要我把車留在附近停車場，不能再開那輛車，接著她載著我跟余尚文來到了郊區的餐廳。

等待餐點來的時候，梁睿昕交給我一支手機，還有一千元儲值金額的易付卡。

「你暫時用這支手機吧，晚一點搬進公寓後，缺什麼我會幫你帶。」她接著說：「不論如何，庭院裡確實埋了你的家人，而且就是跟你生活的那三個人埋的，所以你一定不能接近他們。」

「那要怎麼解釋那三個人跟他也有親子關係？」余尚文問。

「我也不知道。現實中複製人的技術沒那麼簡單，不是想做就可以做到的。」梁睿昕搖搖頭。

「但總比來自平行時空還有可能吧。」余尚文忍不住這麼說。

「問題是沒必要啊！做複製人幹什麼？唯一能想到的理由就是要竊取研究，但那項研究在我去偷之前根本就沒有人知道，宇杰他父親顯然也沒洩漏，要不然怎麼會隨意放在實驗室的保險櫃中。如果真的有人知道內情，花一點工夫就能取到資料，幹嘛大費周章的複製三個人。」梁睿昕說著說著，突然間好像想到了什麼，只見她雙手在空中靜止幾秒，接著才說：「我記得我去偷開保險櫃的時候，有顯示上一次開啟的時間，是半年多以前了。」

「什麼意思？」我問。

「也就是這半年來，你爸都沒有去開保險櫃。半年前又是埋屍的時機點，這兩者之間不知道有沒有什麼關聯？」

梁睿昕緊接著便從包包裡把她偷來的那疊資料拿了出來。

「這是什麼？」余尚文也好奇的拿了一張，又很快被梁睿昕搶回去。

「裡頭說只要靠這台機器，便可以來回在兩個時空中穿梭。可是這些資料卻半年來都不曾被動過。如果你家裡那些人的目的是這些資料，想必他們並不知道資料就放在保險櫃，又或者——根本不是為了這些資料而來。」梁睿昕對著我說。

「那批訪客會進駐到我家，不就是為了這些資料？還能有什麼事情比拿到穿梭時空的機器更重要？」我回問。

「這就只有那批訪客才知道，你要去問他們嗎？」梁睿昕說。

余尚文這時舉起手，似乎想發表點意見。

「兩位，我對這種事沒什麼頭緒，可是這些資料真的可以做出穿梭時空的機器嗎？這疊資料是滿多的，我相信有很多高深的知識，但你們現在說的是穿梭時空耶！」

「我研究過裡頭的紀錄與實驗計算。理論上，確實可行。」梁睿昕說。

「所以現在的意思是，宇杰的父親其實不知道從何時開始偷偷的做這個研究，而且還幾乎完成了，但因為事關重大，所以不打算立刻發表，只是不小心被知道了，所以一年半前被人用計取而代之。取代者僅發表一小部分，其餘更重要的部分卻放在保險櫃裡……你們知道這代表什麼意思嗎？」

「什麼？」我與梁睿昕同時問。

「不是每個人都是天才，這些資料拿給我，我也不知道裡頭寫什麼。我只知道，若有人告訴我，某人發明了一台穿梭時空的機器，我會很想要拿到那台機器而已。雖然心裡明明知道資料很寶貴，但要是釋出一點點就可以得到莫大的名氣，那我的私心就會這麼做。」

這應該就是突破盲點。

這批訪客要的不是資料，而是完成的機器。他們相信我爸已經完成了，或許他們還是我父親親自從另一個時空帶來的人。

再想下去的話，有太多種可能性了，我阻止了他們繼續推論。

現在我寧願將重點放在已知的事實上：那就是我家裡那批人不對勁。

我們不知道他們造訪的目的，只知道半年前他們埋了我原來的家人。至於是不是他們殺的，則尚未確定。最重要的是，那批人究竟是什麼身分，也要搞清楚。

打破僵局的方式只有一種——親自面對他們。

11

家裡那批人是敵是友、是本尊是替身，至今都還無法確定，更別提那眾多待解的謎團。我們的猜想都有可能發生，但真相也許完全不同於想像，若不再進一步做點什麼，只能永遠停留在此處。

原本我失去了鬥志，已知的真相讓我震撼不已，我只想要遠離，不想去面對，應該說，也不知道怎麼面對。如此廢了幾天後，我恢復了點精神，也因為梁睿昕跟余尚文的陪伴，稍微減低了我的恐懼跟孤單，有了一點依靠，心裡頭安心許多。現在的我，想要搞清楚真相，如果我的家人死了，那我也要替他們辦好後事，不能這樣隨便放著遺體。

梁睿昕稍晚帶著我們到了安置的公寓，本來她不想帶余尚文，因為他畢竟是外人，也不知道口風緊不緊。但我選擇相信余尚文，過去五天他也挺照顧我的，雖然他可能單純只是很閒，但至少有心幫我。

「很高興你女朋友來之後，你終於振作一點了。女孩子果然還是比較能安慰人，我花了五天都沒做到的事，她一個下午就搞定。」余尚文站在公寓的客廳裡，開了一罐啤酒邊喝邊說。

「你那五天不是都把東西放下就走了嗎？」我不解的問。

「我都有坐下來看著你一陣子，只是你沒注意好嗎。」余尚文翻了一個白眼。

「只是看著有什麼用？還是要我教你怎麼安撫人？」梁睿昕提了一袋食物走進來，看著余尚文，接著朝右手拳頭「哈」了一口氣。

「那倒不必。」余尚文連忙撇開眼神。

「她不是我女朋友啦！」我趁梁睿昕轉身進廚房後，小聲的對余尚文強調。但他只是聳了聳肩，意思是他才沒興趣弄清楚我跟梁睿昕是什麼關係。

不論如何，過去那五天我確實失去了安全感，原來恐懼的反應不是只有發抖，而是徹底的嚇跑靈魂、變成一具空殼，簡單說是瘋了吧。我切斷了所有以往熟悉的人、事、物，身邊僅有一個不怎麼熟的余尚文，當真要我振作起來，我也無能為力。如今梁睿昕找上了門，終於讓我恢復了點心思去面對問題。

情況是僵局，不想永遠躲下去，就要挖出更多訊息。我們現在得知的還太少。直接與那批訪客攤牌是最快的，畢竟我們已有了屍體的證據，怕只怕他們早準備好一套說詞。至於他們的身分是否真是時空旅人，這個說法讓我想了頭就痛，況且就算他們承認了，又要怎麼證明？

「可以從你妹下手啊！你妹還是大學生，也是三人中最常在外頭跑的人，她年紀又最小，說不定你凶一點，她就招了。」余尚文提議。

「挑我妹妹有點……欺負弱小的感覺。」雖然，那應該不是我妹妹，但心裡還是怪怪的。

「我覺得可以，誰想欺負誰還不知道呢！她年紀最小，應該比較好攻破心防。問題是，我希望宇杰暫時不要跟他們碰面。他這幾天這樣搞失蹤，他們若真的是訪客，想必也猜到宇杰發現了什麼，和他們見面怕會有危險。到底要怎麼找上她問話，又不會讓你們見到面呢？」梁睿昕提出問題。

「這很簡單啊！」余尚文露出不可思議的表情，看著我跟梁睿昕，好像覺得我們很蠢。

余尚文的方法是趁我妹去大學上課時，在她機車上留下紙條，說我知道屍體的祕密，要求不得張揚，必須到一個我們指定的地方，加入我們給的帳號上網視訊。為了不讓那位妹妹偷偷聯繫父母，也要警告我們會派人監視她。

「派誰啊？我們還有多的人手嗎？」我問。

「我啊！你跟梁小姐，她都認得，但她可沒見過我。就約你之前把我押去的那間餐廳，我裝成一名客人就好啦。只要我發現她想聯絡她爸媽、或者她爸媽也在附近，我立刻傳簡訊告訴你們。」余尚文興奮的解釋。

我聽得一愣一愣的，詢問了梁睿昕的意見，她則表明這種方法明顯是電影看太多，人家真要查，也是追蹤得到我們，但不否認視訊通話是個好辦法。反正最重要的就是可以讓我跟那位妹妹談到話，又不會有她父母在場，更不用實際面對面。

有人加持他的提議後，余尚文很快的充當起指揮，與梁睿昕策劃起此事。他們叫我專心思考怎麼與那位妹妹對話，這些部署工作讓他們來即可。我看著梁睿昕不時威嚇著拳腳壓制有點興奮過頭的余尚文，自己則在一旁深深苦惱，該怎麼樣與那位妹妹展開一場對質？

開頭要說什麼？我要怎麼開口問自己的家人：你是不是我的家人？

✷

部署工作已經完成，我跟梁睿昕待在公寓裡頭等著消息。一旦莉婷進了餐廳，余尚文就會傳訊息通知我們。

「你妹妹已經坐在位置上等你電話了。」

余尚文傳來了通知，梁睿昕等我深吸了一口氣後，便替我撥出了視訊電話，她自己沒有入鏡，只坐在一旁陪我。

通話很快接聽，莉婷的臉立刻顯現在電腦螢幕上。她是用手機，因此鏡頭有些許晃動，但大致上很清楚。她看見我之後，立刻表情一個扭曲，哭了出來。

我沒有想到會是這樣的開場，看了一下梁睿昕，她要我先不要有太大反應。

「妳為什麼要哭？」莉婷一直沒有停止哭泣，我忍不住問她。

莉婷抽了一張紙巾，隨便擦了幾下眼淚後，便顫抖著說：「我以為……又要失去你了。」

「『又要』？這是什麼意思？」

「我們知道屍體不見了，爸發現草皮不太對勁。我們知道你發現了，以為你不會再聯絡我們。」

「這不是你們的打算嗎？」我強忍著情緒問。

「沒有！我們也很難受。這半年來我們忍得好痛苦，可是你回來了，這比什麼都重要。你想要知道什麼，我全告訴你，我只要你回來……」莉婷又開始啜泣。

「那就告訴我到底發生了什麼事！」

莉婷意外的在我們什麼都還沒問的時候，就決定對我們坦白。雖然不知道她是說真話還假話，我都必須一聽。

她告訴我，那個家除了我以外，其他人都是來自於另一個空間。他們在半年前意外來到了這裡，目睹了我真正的家人慘遭入侵的歹徒殺害，之後他們便順理成章的取代。而他們會搬到這個時空的原因，是因為另一個時空的我，在一年前死了。

12

半年前，我們社區遭了小偷。官方紀錄裡有六家遭竊，實際上是七家，少算了我家。當時有三名歹徒趁著住戶上班後闖空門，輪到我家的時候卻沒料到我家人都在，情急之下便挾持了我家人。我父親試圖反抗，卻遭受殺害，接著是我媽與我妹。而我因為出差，那天一早凌晨便去了同事家，因此躲過了一劫。

然而，同時間那個早上，家裡還有一批訪客來到，便是意外到了這裡的莉婷以及她爸爸。我家遭竊的三天前，如今的莉婷獨自在家裡打掃，在倉庫發現了一台機器。當時還是在她的時空，那裡的我已經去世半年，全家都還沒恢復過來。她見到一台沒見過的機器，心生好奇，便跑到了我房間——應該說是她的哥哥房間——去研究。

為什麼要跑去她哥哥房間？她說他們都還不能接受哥哥的離開，房間保留著生前的模樣，沒事她就會去打掃，久了便習慣待在裡頭。那時候她因為看不懂那台奇怪的機器，便放棄了研究，累得躺在哥哥床上，抱著機器睡去。

「結果後來有人把我搖醒，我嚇了一跳。爸媽那晚都不在家，不可能有人會搖醒我。但你猜我見到了誰？」莉婷這時候反過來問。

「見到……我。我想起來了，那次出差的前幾天，我接連兩天回家時，都發現妳跟爸睡在我床上。」我摀住了嘴，驚訝的回想。

「對，那個人就是我。」莉婷破涕為笑。

那一晚，莉婷見到了早已死去的哥哥，活生生的站在她面前，一臉不耐煩的將她搖醒，她以為自己在做夢。

「妳那晚莫名其妙把我抱得緊緊的，就是因為這樣？」我忍不住問。

「我不敢相信你是真的，即使是做夢，但可以再抱一下自己的哥哥有多好。」

莉婷回想起那一晚，也忍不住微笑著。

莉婷隨後被我趕出了房間，她手裡握著那台機器在走廊閒晃，以為自己過不久便會醒來，只是不知道為什麼卻一直待在原地，而且感覺依舊很真實。接著她走去自己的房間，門才開了一小縫，便見到另一個自己在睡覺，嚇得她急忙關上門，溜去爸媽的房間窺視後，也是如此。

漸漸的，她覺得事情不太對勁。

這是同一個家，擺設卻不大相同。她捏了自己好幾下，也疼得不像話，根本一點都不像是夢。她很快的慌了，不知道如何是好。接著聽到了我踏出房門，下樓去廚房拿東西吃，便連忙溜進後方的倉庫裡躲著。

在黑暗的倉庫中，莉婷琢磨著下一步，卻毫無頭緒。她還不清楚現在究竟是什麼狀況，仍舊沒有放棄這是夢的可能，便決定讓自己睡一下，或許可以醒來。

「隔天醒來後，我便回到了原來的空間。家裡的擺設變正常了，而你的房間，一樣空蕩蕩的……我不知道那是怎麼回事，只知道感覺很真實。」莉婷說著說著，又流下了眼淚。

當晚莉婷的爸爸回家後，她便捧著那台機器去跟他述說了前一晚的經歷。莉婷的爸爸雖半信半疑，但敵不過她的執著，也對那台突然出現的機器感到好奇，便照著莉婷的話，抱著機器進了她哥哥的房間睡覺，同時也拿著攝影機。

「然後那晚，妳跟妳爸就被我搖醒了。」我說。

「嗯。」莉婷回應。

因為莉婷的爸爸已事先做好心理準備，所以見到我的時候，便很好的壓抑了自己的情緒，乖乖的跟莉婷一起被我趕出房間，兩個人就躲到頂樓去。一到頂樓之後，莉婷的爸爸立刻蹲坐在地上，和她相擁而泣，同樣不敢相信又見到了自己的兒子。

冷靜下來後，兩人開始探討原因。但他帶來的攝影機，內部竟然發生了高溫融化的現象，即便錄到什麼也沒用了。她爸爸將那台毫髮無傷的詭異機器端詳了許久後，想起了前不久，自己的實驗室才剛開始了一項研究，雖然那不是主要的目的，但一直研究下去，理論上這台機器的功效便有可能是最終的產物。

「那時爸爸已經離開實驗室、在大學教書。那一整年，我們家過得很差，先是爸爸的工作被刁難，老闆突然要他立刻生出需要很久才能做完的研究，最後他沒完成，只能被迫離開。媽媽的工作也有點混亂，我也跟熟悉的朋友間有了嚴重磨擦，總之家裡一團糟。最後，家裡唯一順利、還常常回家照顧我們的哥哥，突然死於一場車禍。」接下來全家一整年的際遇都很不好過，渾渾噩噩的過日子，沒想過生活會再有什麼改變，卻在那時意外的發現了那台機器，將他們帶到了我的時空，看到了活生生的我。

至於那台機器是怎麼回事，莉婷也說不上來。那不是她爸爸的發明，至少真要發明出那東西，還有好長一段時間，所以她爸爸也不清楚究竟是誰做出了那台機器，更不知道那台機器為什麼莫名其妙的出現在他們家。

他們一直躲在頂樓上。先前在我房裡時，我趕他們出去前有提到自己要出差一個禮拜，洗完澡會先去同事家，他們便等到我出門後才下樓。接著她爸爸走進書房，想要看看能否找出什麼資料，但黑暗中難以摸索出什麼。兩個時空的父親在物品擺放位置的習慣上有差異，他一直都摸不到有用的東西。

兩人索性放棄，打算繼續窩在頂樓，等待隔天早上全家淨空後，再繼續搜索。

「至於那一早的事情，你也知道了。歹徒突然間闖了進來，沒料到你家人都還在。我跟我爸躲在二樓的衣櫃裡，聽見樓下所發生的事情。我們當時不知道樓下真正的情況，只是我爸認為我們不可以干涉這裡的事，所以我們什麼也沒做。沒想到，當樓下安靜下來後，我們下樓查探便見到了殘忍的景象。」莉婷回憶起來，似乎也覺得不堪回首，不禁閉上了眼睛。

「所以你爸便決定要取代我的家人嗎？」我問。

「那是我提出來的。」莉婷說。

「妳？」

「爸原來不肯的。他說這裡不是我們的世界，我們沒資格留在這裡。可是在原本的空間，我們家早已殘破不堪。在你們這裡，大家都很快樂。你爸還在實驗室，你媽也很有精神，我也好像很享受大學生活，更重要的是你還在！那三名歹徒在一瞬間把你的家毀了，我不敢想像若你得知後會有怎樣的心情，你往後的日子怎麼辦？所以，我告訴我爸，如果把媽接過來，這個『家』還是可以保持完美。」

「完美……」

「雖然他猶豫了很久，但最後還是答應了。」莉婷吸了一口氣，「若要延續這份幸福，只有我們頂替這個空間裡的那三個人，替他們繼續過日子才行。你還會繼續有一個完整的家，而我們可以再一次擁有你。你的存在，是我們過來這裡最大的原因。哥……我們沒有辦法再失去你一次了。」

我們萬萬沒有料到，莉婷如此輕而易舉便全盤托出，她則表示全家人從來沒打算惡意隱瞞，也做好哪天要是我發現了，便對我說出所有真相的準備。對於取代我原有家人一事，他們只是覺得，一旦各自回到歸屬的空間，就是兩個悲傷的家庭，但取代我原有家人後，至少有一個空間還能有個家維持完整。這是一個自私但又兩全其美的決定，她衷心盼望我能夠理解。

說到這裡，梁睿昕要我先穩住，告訴莉婷會再聯絡她，之後便單方面的切斷了通話。

「你相信莉婷說的話嗎？」梁睿昕問。

「她都這麼說了。」

「韓宇杰，之前我跟你說他們可能來自另一個時空時，你還對著我大吼：『聽妳在放屁！』現在莉婷坦承他們來自另一個時空，就變成了合理的解釋？我知道我當時那樣推測確實聽起來很扯，可是莉婷剛剛說的也不是正常人的對話啊。」梁睿昕接著說：「發現屍體後，我們一直無法肯定到底是本尊死還是分身亡，現在知道死者是你真正的家人，那就代表他們是外來者。宇杰，不管他們長得有多像你的家人，但他們都不是你的家人！」

如果不是自己真正的家人，就不能完全信賴他們。也許他們的兒子還活著，這樣對我百般寵愛只是想要降低我的防備，終究我還是會被取而代之。梁睿昕是想這麼說吧？

莉婷的話處處都有可疑的地方，唯獨親口承認自己不是我的親人這一點可信度最高。因為若真是自己的家人，一定會拚老命證明與自己的關係。而最受質疑的便是時空旅人的說詞，儘管我們早先已有猜測，但這個想法終究太過離奇，他們必須拿出證據來說服我。

13

如今，我已確定家中那批人是外來的訪客，並在半年前取代了我真正的家人。理由聽起來相當合乎人之常情，他們也宣稱將我當成一家人看待。但他們畢竟是外人，是否真值得信任，在我心中打上了問號。

梁睿昕說，那父親到處在找我，似乎完全猜不到會有誰幫著我躲藏。一開始他們當然有猜過梁睿昕，但我與她分手已久，這幾年也沒有聯繫，只要梁睿昕一否認，他們也很難篤定。聽說我以前的朋友與同事都被問過了一輪，但想必只是讓他們得到失望的答案。余尚文更是一個中途冒出來的人，那批人根本不知道他的存在。離開應該是最好的選擇。我對那批人已經有了戒心，永遠都無法敞開心房。

現在我也不知道還需要再調查什麼，知道更多還有什麼意義嗎？

「如果他們能證明自己所言不假，代表你還是可以考慮他們的提議。如果他們說謊，那你的安全便有疑慮，要想辦法讓你真正遠離他們。」梁睿昕解釋她認為應該繼續追查下去的理由。

「怎麼會遇到這種事情，平行時空耶，妳相信嗎？」

「若一切都是真的，那就是一個偉大的里程碑。不過他們也沒拿出證據，那台機器依然只是傳說中的物品。現在整形技術發達，也或許血液、指紋、視網膜這些東西有方式可以矇騙儀器，所以我們還是可以保持高度懷疑。」

「妳不是說複製人的可能性很低嗎？」

「我是看證據說話，兩種推論的可能性都很低。時空旅人雖然扯歸扯，複製人卻是沒有必要的舉動，相比之下我才會說有可能是第一種。」

「那接下來要怎麼辦？」

梁睿昕告訴我，她之所以無法完全相信莉婷，正是因為那位爸爸的緣故。

「我們之前不是才在擔心你爸的精神狀況嗎？他變了一個人的時候，是一年多以前的事了，照理說也應該是那時候被取代。但莉婷卻說他們只來了半年。而且這半年來，我反而覺得你父親恢復了正常。」梁睿昕說著說著便陷入思考。

「我覺得我家人怪怪的，也是這半年內的事。」

「但你搬回家也一年了，至少前半年都是跟你真正的家人相處。當時，你沒有覺得你爸怪怪的嗎？」

「我在外面住很久了，搬回家之後，吃飯、洗衣什麼的也都是自己來，並不常跟家人相處，真的沒什麼感覺。只是這半年來，他們變得太明顯的對我好，才讓我覺得不對勁。再者，妳那時去偷開保險櫃，也發現是從半年前開始，我爸才擱置不用那台保險櫃的，與他們的說詞相符啊。」

「所以一年半前到半年前，這中間的一年內，是不是還發生了什麼事？」

我父親一年半前突然大躍進的研究成果，讓梁睿昕懷疑整件事不只有半年這麼短。最有可能的推測便是——當時我父親已發明了穿梭機，直到半年前跑到了另一個空間去實驗。回來時不慎遺落在異空間，讓現在這家人撿到。

「不過莉婷有提到，在原本的世界裡，他們一家人是在一年多前開始衰運連連，然後另一個我還死掉了。妳覺得這有關聯嗎？」我提道。

「時間點吻合，我覺得可以納入思考。」

如此一來，我們大概有了個參考的時序。

一年多以前，我父親莫名有了超前進度的穿梭時空研究，異空間的一家人際遇則開始走下坡。半年前，我父親可能為了實驗而跑去異空間，不知為何留了台機器在那裡，回來後沒多久遇上大劫；異空間的一家人則在差不多的時間發現了機器，然後跑來這裡，順理成章的取代我的家人。

「我都不知道自己在說什麼了。況且，這要怎麼證明？」我苦笑。

「除了要看到機器，還要證明那台機器真的可行。」梁睿昕這麼說。

「妳的意思是？」

「如果真有那台機器，我們要親自到另一個空間去。」

✷

余尚文第一個舉手贊成。

前一晚我們趁他去買東西的時候，有了那一席談話，之後因為我太心亂就先回房冷靜，拖到今天才讓他知道。

「我也想要過去另一個時空看看！搞不好我在那裡是個知名的大設計師！」余尚文興奮的說著。

「『假如』真的有那台機器，也只是要回去看看是不是真的有韓宇杰的墳墓，同時調查到他們一家人是不是真的過得很差。另一個韓宇杰要是真的死掉了，他們一家人也真的走霉運，那麼莉婷的故事的可信度才會高一點。」梁睿昕翻了一個白眼。

「找另一個我的墳墓很簡單，但他們過得好不好要怎麼查？」我問。

「去他們的公司、學校問問，了解大家對他們的印象如何。沒意外的話，他們在那個空間應該已失蹤了半年，我們裝成親友去調查就好。」

「前提是他們願意交出那台機器。」余尚文補了一句。

「所以要再找莉婷嗎？」我問。

「嗯。但你同樣不能親自去，而我跟余尚文也不能曝光。」梁睿昕轉向余尚文，接著問：「你好像對這種不正經的計畫特別在行。上次很成功，這次還能想到什麼辦法嗎？」

「當然。你們都聽過綁匪是怎麼要贖金的吧？」余尚文賊賊的笑，與梁睿昕熱烈討論計畫起來。

活到這麼大，因為工作關係，我去過的地方不少，但從來就不曾想過，自己有一天會計劃著去另一個平行世界。我覺得這應該是很困難的事，甚至是目前絕對辦不到的事，他們怎麼講得一副要去隔壁縣市這麼簡單？

這世界真的瘋了。或許，我們全部人也早就瘋了吧。

14

這次莉婷帶上了她爸爸。他似乎較明白事理，表示自己能體諒我的作法，以及我會懷疑他們的理由。

「如果能做什麼讓你安心，我都願意。你需要時間調適心情，我也會尊重你，等你準備好再回來。」那爸爸這麼對我說。

「其實，我內心深處並沒有不相信你們，只是需要更多證據。韓……韓文正先生，希望你能明白。」我有點彆扭的說著。這是第一次這樣喊我父親的全名。但對我而言，稱呼他的名諱，似乎才是目前最正確的作法。

「我明白。你需要我怎麼幫？」韓文正問。

「借我那台時空穿梭機。」

「這……我不太明白？」韓文正似乎沒有猜到我會開口借那台機器。

「你應該了解，從另一個空間來的證據，不是嘴上說說就行得通的。如果真有那台機器，讓我親自過去另一個時空，就能證明很多事情。物證比人證還可靠多了，不是嗎？」

「問題是，那台機器早就消失了。當我們做了要取代你家人的決定後，我先是回去接我老婆，回來這裡後，又想用那台機器將你家人的屍體送過去，卻找不到那台機器了。我不希望家裡有屍體，但埋在哪裡都不對，才會選擇埋在庭院中。」

「這麼剛好？」

「你相信我，我沒有說謊。」

「那你能再做一台嗎？」

「沒辦法，那根本不是我的研究。我過來之後，花了一段時間才跟上你爸所發表的那篇內容，進度相當超前，我已經跟得很辛苦了。若要我自己找出機器的作法，只怕得花個十年半載，還不保證能成功。」

「你沒有去看我爸的研究嗎？他總會留下一些資料吧？」

「我說了，這半年來，我光是追上他發表的那一部分，就已經耗費了我大部分的時間，加上我還得扮演你父親，以及隨時觀察三名歹徒的消息，根本無心去找尋其他的資料，我原本打算之後有時間才做的。」

韓文正的說法解釋了半年來都沒有人去動保險櫃的原因。可是，至今所有的猜測甚至是所謂的證實，都只是口說無憑。儘管我很想相信，但卻不能忽略一個事實——人是會說謊的，有時候還擅長的很。雖然我不認為事到如今還有什麼說謊的必要，但高明的騙術，不就是讓人無法起疑嗎？

這是一件常理上不可能發生的事，也沒有什麼前例可以參考，找個完全不相干的人來旁聽我們的對話，還會以為我們在討論電影劇情。所以我需要實際的物證，好比屍體上的DNA採樣，那種「是」或「不是」的證據。

「你真的還需要什麼證明嗎？」韓文正這時候問。

「什麼意思？」

「你說無法單憑幾句話就相信我，所以才需要那台機器過去驗證。而我承認了自己並非你的父親，你就深信不疑，開始對我保持距離。」

「這是因為，沒有一個正常的父母，會對自己孩子說：『我不是你的父母！』不論哪個時空都一樣。我現在只想知道我家人到底是誰殺的，那是我唯一關心的事，什麼穿梭時空的，我根本不在乎。你們有著我家人的外表，也可能是殺害我家人的人，你要我怎麼能好好面對你們？我也要先跟你說清楚，凶手如果真的是你們，我死也不會放過你們！」我越說越激動，忍不住用力敲打了桌子。

人與人之間的信任很脆弱，即便是最親密的家人，也禁不起這樣的玩弄。

「我明白了。現在要你面對我們，是很痛苦的，我能理解。但我就算要騙你，也不會編平行時空這種幾乎跟鬼話沒兩樣的謊言。請你相信我。」韓文正被我的反應震了一下，還是試圖解釋。

「謊言編得越大，才越難戳破。很抱歉，我需要你們提供更多證據，或是我想到可以怎麼證明，再跟你們聯絡。」

「宇杰……等一下。」見我打算要切斷通話，韓文正連忙說：「一旦沒有了機器，根本無法證明什麼，沒有其他的方法可以提供證據給你。平行時空之所以叫平行時空，就是理應不該有交集，能穿梭已經是奇蹟了，哪裡還能帶什麼證據過來。如果理論沒有錯，每個時空的人，天生的條件都是差不多的，只是際遇不大相同。你給我一點時間，如果你父親有那樣的腦袋可以發明出穿梭機，我應該也可以做到。」

「但他在一年半前就發表了你至今都還跟不上的研究，還只是一小部分，你不也說要追上他的進度可能要十年半載的嗎？」

「這半年來，我有更多比追上研究更重要的事情要處理，你也曉得的。我還沒找到那些資料，也許我看過後，速度會快上很多。你告訴我，資料放在哪裡，我去找！」

我瞥了一下梁睿昕及余尚文，不知道該不該說出口。如此一來，就會害梁睿昕曝光，在一切事態都還未明朗前，還是不能冒險。

梁睿昕這時手寫了紙條遞給我，告訴我該怎麼回答。我想了一下，決定照唸。

「資料在我這裡，晚一點我會整理好，再全部傳給你。」我一說完，便結束了這通對話。我不知道這樣做對不對。搞不好這批訪客只是商業間諜，為的就是取得這珍貴的研究資料，畢竟時空穿梭機這種發明，很值得讓對手這麼煞費苦心。問題是資料就擺在實驗室的保險櫃裡，唾手可得，如果我是間諜，第一個就會去翻那裡，而他卻長達半年都沒去動，太不合理。

「你還好嗎？」梁睿昕憂心的問。

「還可以，只是不知道還能撐多久。」我努力保持冷靜，但眼角已不爭氣的流下眼淚。

「宇杰……」梁睿昕握住了我的手，我再也忍耐不住，倒在她肩膀上。

「我好想我父母，還有我妹……太不真實了。明明人就在眼前，他們卻不是真的……」我胡亂的咕噥著，也不再顧任何形象的哭了出來。

長大後，時間撥給家人的比例大大降低，除了現實的忙碌理由，也是建立在我們都以為家人永遠都會是家人的前提上。心中相信不論何時，只要你想，隨時都可以和家人見面。卻從沒有想過，當再怎麼想念，卻再也見不到的那一天來臨時，自己是否準備好了？

雖然明白人終有一天會老去、死去，那也是很久以後才會發生，而且到時候也會做好心理準備。然而現實竟然是，所有人都可能在一瞬間離開你。儘管我的狀況不是一般人會遇上的，但現在的我與遭遇親人驟逝沒有兩樣，除了不敢相信是真的，更多的是滿心懊悔。

「我們會解決這件事情的，會沒事的。」梁睿昕拍著我的背安慰著。我同時也感受到余尚文將手按在我肩上。

我沒有選擇，只能暫時相信這個與我父親同樣外表的人。先拋出一顆信任的球，看看能否得到同樣真誠的回應，開始有這樣的來往，才有辦法將信用給量化。這是個一切都要講求證據的時代了，不是嗎？

✷

我幾乎都忘了自己還沒有憑弔過已死去的家人。更讓人懊惱的是，要好好的埋葬他們都無法做到。

「妳將我家人的屍體放在哪裡？」我問。

「我家地下室的冰櫃。」

「妳就跟屍體住一起？」

「我又不怕。況且，那三具屍體如果曝光了，你應該知道會有多麻煩。放心吧，那地下室設備還不差，可以放好一陣子。還是你想要怎麼處置嗎？」

「我想要好好的埋葬他們，至少也要火化。他們是我真正的家人，不能放著不管。」

「也是……」梁睿昕點了點頭。

「我知道現在還不能處理，但過去探望一下，總可以吧？」我這麼問。

「當然可以。」

台灣的地下室多半有潮濕的問題，不過梁睿昕的父親早些年有請人做過整理，因此這裡的環境尚可。此處放了幾台臥式冰櫃，是他們家之前做生意時購入的，一直沒有丟棄。

「當時還有點擔心，沒想到都還能使用，算是暫時解決了問題。能夠想到辦法送去火化就好了，要不然一直這樣太可憐了。」梁睿昕摸著冰櫃，嘆了口氣，接著轉過頭告訴我：「宇杰，我要打開囉。」

冰櫃有上鎖，即便這幾年只有梁睿昕一個人住，但她還是特地多加了這層防護，以防萬一。

然而，這就是新的問題。

眼前包覆屍體的袋子依舊完整的放置在冰櫃裡頭，但其中屍體卻已不翼而飛，僅留下了衣物！

「怎麼會這樣？」梁睿昕慌張的四處搜索，只是連一根毛都找不到，真的一根都沒有。

屍袋像是從來不曾裝過屍體一樣，那些理應沾滿血漬的衣物，只有些許髒亂破損。好比你只是拿了些骯髒破舊的衣物，裝進一個新的袋子裡，埋進土裡後又拿出來而已。

似乎，從頭到尾都沒有屍體這東西存在過的樣子。

15

梁睿昕發誓她絕對不知情。我相信她，因為沒人可以做得到。

驗屍時我也在場，那些衣物是同一套，驗屍完畢也是我親自覆蓋在屍體上的。然而這時候卻像是不曾被人穿過，只是莫名變得破損，該有的血漬與毛髮髒汙都已消失無蹤。這世界上最強力的去漬產品也無法清潔得這麼徹底，更何況根本沒有被清過的痕跡。

為什麼屍體會消失，還消失得如此徹底？

合理的推斷是有人搬走屍體，並用了超強的清潔技術。但這種推論是在時空旅行還不存在的時候才合理。現在，我們反而更傾向聽起來無比荒謬的可能，那就是——屍體跑到另一個空間了。

即便如此，為求謹慎，我們還是想辦法調閱了附近的監視器，確認這陣子有無可疑人士在梁睿昕家附近出沒，結果是沒有，而我們也沒有太過於訝異這個事實。

「等一切都結束之後，我一定要去精神科掛個號。」余尚文喃喃自語。

我想我也需要。也許我早就已經陷入了精神分裂的世界，梁睿昕跟余尚文從頭到尾都不曾存在，只是我幻想出來的人。這個想法似乎也不是那麼瘋狂了，這才是逼瘋人的地方。

「我很確定我存在。」梁睿昕反駁了我們，「時空穿梭的機器是否曾經被發明出來，至今我們都還沒能證實，那些實驗紀錄只代表有極大的成功機率，但一切都還是理論。『理論』這兩個字代表只要你夠有說服力就行，實際上做不做得到，另當別論。如今只有韓文正將那台機器真正做出來，並且成功讓人穿梭時空，才能證實一切。」

「妳的意思是，被人偷走的可能性還是要保留嗎？」我問。

「沒錯。別忘了，要靠那台至今還是天方夜譚的技術所做出來的機器，才有可能讓人穿梭時空，如果沒有那台機器，就是做夢！我家地下室明顯沒有那台機器，所以屍體怎麼可能會隨便跑到另一個時空。」梁睿昕振振有詞。

「所以，妳壓根不相信屍體消失的可能，是跑到另一個時空？」余尚文問。

「我只看證據。如果要問我個人內心深處有沒有一點相信，答案是有。情感上非常合理，也省事多了。我只衷心希望不會是什麼該死的時空秩序被打亂了。」梁睿昕不禁嘆了一口氣。

整個宇宙本身就存在著相當多謎團，當然此生我從來不曾去思考過，比我聰明幾百倍的人都不一定搞得懂了，我何必自尋煩惱。

梁睿昕說，有些人認為宇宙間存在著一種凌駕於高等智慧思維的秩序。迷信一點的說詞則是，冥冥中有股力量在推動，維持著萬物間的平衡。而科學家想盡辦法希望能找到那冥冥中的力量來源，正代表他們其實也承認有這股力量。

「所以有找到嗎？」余尚文問。

「沒有。不過我知道很多科學家最後信了教。我剛說了，宗教的解釋簡單多了。與其耗盡一生去研究宇宙大爆炸怎麼發生，倒不如相信有個神人花了七天創造了世界，這樣還多一點時間可以做其他事。」

「或許那三具屍體消失的原因就是在做修正。總要有人回到另一個時空去遞補那三個過來的人。這叫能量守恆嗎？」我開始胡言亂語。

我說完後，梁睿昕看著我，兩眼開始出神。在我叫了好幾聲後，她才終於如夢初醒般反應過來。

「宇杰，也許你沒有完全說錯……當然我也無法保證自己可以說對什麼。我認為，如果那三具屍體的消失跟時空穿梭有關，那麼修補的概念也許沒那麼不可思議。那股力量對半年前你家人被替換的時空錯誤做了修正。只是……」梁睿昕遲疑了一下。

「只是什麼？」我跟余尚文連忙追問。

「我剛說過，那股力量是超脫所有智慧生物的思維，也就是完全的理性。隨便找三個人回去另一個空間遞補，這是人的思維。純理性的作法，應該要原來的人回到原來的地方才對，管他想不想回去，只要你不屬於這裡，就該滾。」

「那也應該是我家那三位訪客被趕回去才對。」我立刻說。

「除非，他們不是訪客！」余尚文脫口而出。

也許是那股我們無從得知的力量真的在修補這一切。果真如此，那三具屍體不靠機器也能消失，而前提要是那三具屍體本來就屬於另一個時空。

不過，為什麼是現在消失？如果那三具屍體屬於另一個空間，那未知的力量在這半年來多的是時間讓其回歸，為什麼要等到現在？

還有最重要的是，如果那三具屍體是屬於另一個空間的，那現在在我家的三個人又是什麼？

16

我要是把研究紀錄給韓文正，代表梁睿昕的存在也會曝光，但她並不在意。

「我完全做不出來。妳給的紀錄很完整，照理說我應該可以有不少進展，但那只是看起來可以，實際上裡頭記載的很多根本不是我們這世界的法則。」韓文正在幾天後這麼告訴我們。

這些日子以來，我們一直在琢磨屍體消失的原因，但還沒打算告訴韓文正。我們不知道那代表什麼，也不知道該不該讓韓文正知道。

「怎麼可能，我看過那些紀錄，真的可行啊。」梁睿昕反駁。

「看起來可行。但在科學裡，失之毫釐、差之千里。依裡頭的數據去實際操作，會發現很多地方與現實中有差距。兩者正負相差半公分就是天文數字了，若要把誤差找出來，可能得好幾年。但最重要的是，就算將所有誤差都調整，那些資料也不足以打造一台穿梭機，只是提出了穿梭機的理論。」

「只是理論？」梁睿昕問。

「是。雖然進度相當超前，現在發表也足以震撼學界，但僅是理論，距離實現的日子依舊很遙遠。」韓文正說。

對此研究更加專精的韓文正都這麼說了，讓梁睿昕也不知道要怎麼接話。另一個韓文正確實對於此項研究有了超乎尋常的進展，可也沒有想像中那麼神奇。

「不過……有件事我也想跟你們提一下。」韓文正神色凝重的說。

他說這不是第一次發生了。在之前的時空裡，他也發生過實驗的數據與現實世界相差甚遠的情況，這也是他為什麼離開公司的原因。

「你是說，你以前就這樣了？」梁睿昕問。

「對。曾發生過，不過是這一年多以內的事。雖然我不是什麼頂尖的科學家，但過去二十幾年來，我也不曾有過這麼誇張的計算錯誤。好像我所學的那一套開始失靈，卻又找不出原因。然而這半年來，又恢復正常了。」

「韓先生，我記得你們說過，大約從一年多前開始，你們全家的際遇變得相當不好。這會跟你的科學知識開始出錯有關嗎？」

「我不敢說有關，但時間是差不多的。當時我一進公司，突然發現團隊在進行一項我完全無法跟上腳步的研究，好像除了我以外，大家都已經進入狀況。而那是一項三年前與一間大學的共同研究計畫，也僅是做理論，並非是實驗。印象中，公司一直都沒認真看待，畢竟只是提供給學術用的，沒什麼賺頭。結果那一天我進了研究室，卻發現大家都已經投入在這項研究裡。」韓文正解釋著。

「你不覺得奇怪嗎？你是主任，怎麼可能會有你不知道的研究，況且還已經做了一陣子。」梁睿昕追問。

「我當然覺得奇怪，可是老闆的個性也變了一個人。幾次溝通無效後，我只能試著讓自己跟上腳步，卻開始不停的犯錯，連研究生都知道的事情，我竟然也會搞混。」

「身為科學家，難道你沒有發現什麼不對勁嗎？」梁睿昕突然用一種試探的口氣詢問。

「當然有很多懷疑。可是過不久，我兒子就去世了。」韓文正沉默了下來。梁睿昕聽到韓文正這麼說，也收起了試探性的口吻。自己的孩子去世，肯定是最嚴重的事情，哪裡還能顧得了別的事。

我知道梁睿昕想套韓文正的話，這件事我們已經討論過了。我無法相信他——卻又很想相信。但我已經不知道該不該這麼快就去對一件事情下定論。

「告訴他吧，宇杰。」余尚文在旁輕聲對我說。

要怎麼說？嘿！搞半天，我們全部人都繞了一圈嗎？

這只是梁睿昕的推測，雖然這是目前最可信的假設，是她比對了兩個時空的背景而得此結論。

但實際上又能找到什麼證明呢？

我可以直接告訴韓文正，現在我們認為，他們家三個人有最大的可能，其實是我親生的家人；而庭院那三具屍體，才是闖進這個時空的訪客嗎？

✷

一年半前，在韓文正的時空，他的公司突然積極進行一項投入許久的研究，卻好像只有他在狀況外。接下來他發現自己最引以為傲的計算能力出現了誤差。然後妻女的際遇走下坡，兒子更是突然離開人世。同時間，我在這時空的父親，突然生出了一套足以發表的研究成果，並且性情大變。

「調包事件或許不止一次。差別在於，第一次是計畫中的事。韓主任，你有沒有想過，一年半前，你跟你妻女三個人，已被人綁架到另一個時空了？」

「這……實在太扯了！」

「你的語氣好像沒有這麼堅定。要是在一個月前，我也會當成是幻想故事來聽。但在那台你說能成功穿梭時空的機器出現後，我就覺得沒那麼狗屁不通了。」

只是，現在又出現了新的問題，為什麼要調換他們？

兩邊的韓文正都是科學家，理應十分明白隨意穿梭時空非常不理智，沒人說得準自己會不會就是造成蝴蝶效應的元凶。既然如此，又為什麼要冒險？

「現在誰能知道呢？」我忍不住插嘴。

雖然怪事不停發生，但我們從頭到尾都只能順線索推測，無法證明。而我心中只想知道，自己還有沒有一個家能回去？

「幸與不幸的差別吧。」余尚文這麼喃喃著，見我們大家都轉向他，連螢幕裡的韓文正都盯著，他便害羞的笑了一下，接著說：「之前我看過新聞在講平行時空，裡面說你在這時空過得不好，也許另一個時空的你會過得不錯。我想，會不會另一個時空的韓家，是屬於不幸的時空。」

另一個時空的韓家人，也許注定際遇不好。在越艱苦的環境之下，有可能走上極端，於是那裡的韓文正發明出了穿梭機，想要逃到另一個時空。

「在這裡的你們是幸福的，不幸時空的韓文正才想要取代你們。那時空也許科技比我們發達，因此在這裡，不幸時空的韓文正可以輕而易舉得到成就。可能宇杰一年前被叫回家住，也是想要趁機調換他，只是沒想到原來時空的兒子竟然死了，計畫才作罷。」余尚文說。

「既然如此，那我有可能早就被調換。我才是訪客？」我喪氣的說。

「你不是訪客。你回來住的時間，是另一個時空的韓宇杰死亡之後。」韓文正說。

「對啊。雖然余尚文的說法很不科學，但若真有幸與不幸，當時三名搶匪闖進門，你剛好在那天出差躲過一劫，你一直都是屬於幸運時空的人。」梁睿昕也這麼說。

再一次，我們只能像這樣做推測。

當初那台帶著現任韓文正一家人過來的穿梭機消失無蹤，而留下的研究紀錄也證明在這世界無法被發明。三具可以拿來鑽研的屍體，更是徹底失蹤、不知去向。沒有任何東西可以給予決定性的證明，只剩下我們要不要相信了。

「我們不後悔自己跑過來，即使會遭受懲罰也甘願。一家人能獲得這半年的圓滿，代價很值得。無論如何，這半年來，我們真的很快樂。雖然時時提心吊膽，但每天見到你會回家，我們便有了繼續活下去的勇氣。」韓文正這麼說著。

韓莉婷也頭靠在她爸爸肩膀上，對我微微笑著，「我們不一定要什麼真相，我們要的，是真實的你。宇杰，你願意相信我們嗎？」

如果這一切的猜測都是正確的，那現在問我話的人，就是我真正的父親。

「何不再等半年呢？」梁睿昕突然提議，雖然眼前一團混亂，還是讓她發現了一個規律，「目前所掌握的訊息來看，一年半前，另一時空的韓文正調換了這時空的三人；一年前，他們的兒子在另一個時空死了；直到半年前，他們被闖空門的歹徒殺死。如今他們的屍體又消失，估計是被送回了原時空。」她接著說：「似乎每半年，就會自動發生一件事。照這樣看來，也許真的是時空在做修補。」

這之中有兩次，都讓我避開這一切。例如一年前，我被叫回家住之前，另一時空的兒子死亡，阻擋了我被調換。半年前，我出差長達一個禮拜，讓原時空的人回來，而三名訪客死亡。

這真是時空自己在做調整嗎？

「實情不得而知。只是每半年便有決定性的事發生，你覺得會是巧合嗎？我覺得，騙得了旁人，但騙不了時空本身。屬於哪個位置、注定什麼樣的際遇，時空本身都清楚，不論跑到哪裡，都要接受原本的命運。」梁睿昕說。

我並不介意多等半年，只是心裡不確定能改變什麼。

人與人之間的信任非常薄弱。我可以很快的對家人起了戒心，然後遠離他們，但需要多久時間才能恢復彼此的關係？當不再有任何可以量化的證據做參考時，亦只能依靠最原始的信心。

我心中暗自祈禱，半年後，所有人都仍在同一個位置，讓我得以再次擁抱自己的家人。

Question 2

頻率

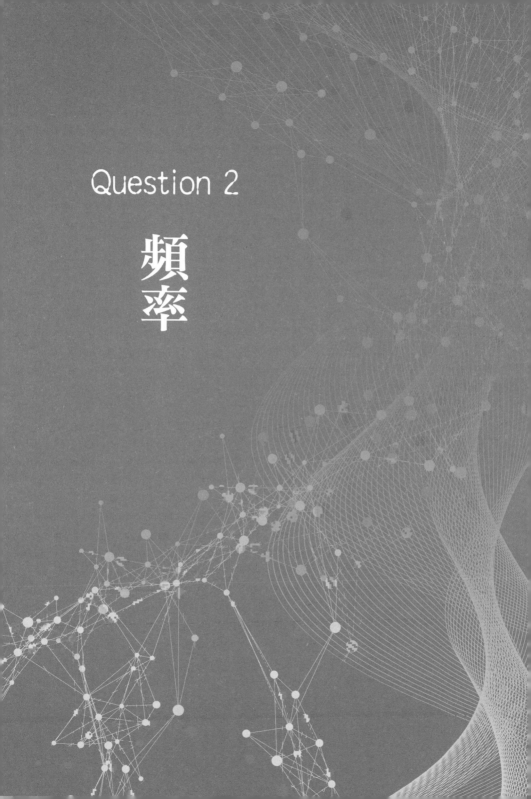

是我，是你，還是兩者皆是？

1

「妳是誰？」

黑夜中，這道詭譎的女聲，傳進了我耳裡。不論自己相信什麼，深夜裡聽見陌生的聲音，打開燈卻什麼都見不著，排除竊賊，剩餘的選項都令人害怕。

這已經持續一陣子了。我不清楚開始的確切日子，第一次察覺到不對勁的時間，應該是上個禮拜，余尚文被叫來我家的日子。那天我心情很差，因為父母擅自替我安排了一場相親。

「我不會去的。」簡單五個字後，我直接掛了電話。會有這麼激動的反應，連自己也感到訝異，通常我只會敷衍他們而已。我沒打算回撥致歉，就算道歉也改變不了我在他們心中的定位。

父母沒有對我不好，但彼此的關係也稱不上和諧。他們給我的不是疼愛，僅是負起養育的責任。我相信如果有選擇，二十八年前，他們會避掉所有可能製造出我的機會。因為我的出現，不是他們的期待。

他們供我出國留學、給我一棟房子、一輛車的出發點，並不像韓宇杰的父母那樣是出自於寵愛，而是把能給的先給，宣告他們已盡了做父母的責任，之後的人生，請我自己去過。講白一點就是：「給妳錢，請妳離遠一點」的概念。有時候我都會覺得，韓宇杰的情況並沒那麼糟，我在自己父母的家裡，才像一名訪客。

幸好我是個識相的小孩，也自認是個聰明人。那些同儕需要費盡大半人生才能賺得的動產與不動產，我在初入社會就可以輕鬆取得，何樂不為？即便代價是我無法擁有家人又何妨。對一個失寵的小孩來說，如果一切都可以量化，那我得到的比失去的還多，在這族群中還算是一名幸運兒。

一直以來，我很遵守與父母之間的疏遠默契，也肯定這樣對彼此都好。對於現在他們突然自認為需要替我找到伴侶，才算完整了為人父母的職責，我只感到滿心厭惡。

說起厭惡，相信此刻站在門外的余尚文，對我也是同樣的感覺吧。我把他叫來了，但在他抵達時，又要求他回去。

「梁睿昕，妳整我啊？」隔著門都能感受到余尚文的不滿。

我知道自己很無禮，卻沒有立刻開門的動力，只是整個人貼在門上，問余尚文：「你想不想吃披薩，我突然很想吃。」

一向不愛吃披薩的我，連擁有這念頭都讓自己吃驚。

「我……好啊。」余尚文聽起來有點困惑，接著不忘再問：「那我可以進去嗎？」

「當然。」我打開了門。

門外的余尚文掛著一臉我預期中的表情，不悅又有點不解。但超乎我預期的是，他沒有藉機數落我，只是安靜的進屋，放下包包，然後問我披薩店的電話。

「你不生氣啊？」這時我好奇了，不識相的問。

「有一點，不過算了。最近你們的情緒起伏都很大，所以我大人有大量。說吧，韓宇杰的事情，妳是不是有新的發現？」

「沒有，我只是想要找個人陪。」

這句話一出口我就後悔了，因為余尚文擺出了比剛剛更納悶的表情。

「我沒什麼朋友可以找。」我不情願的承認，換來他一臉「我看得出來」的反應。

「如果要談心，妳跟韓宇杰比較多話聊吧，你們以前不是男女朋友嗎？看你們關係保持得很好，發生什麼事情他也會先找妳，我以為你們之間還有點……不知道怎麼說，牽連吧。」

「他現在煩惱那麼多，還有半年後家人會不會消失這種事情，我不想再給他找麻煩。」

「也是啦。」余尚文聳聳肩，坐上沙發，用手拍了拍一旁的位置，對著我說：「來啊，要聊什麼？」

我不想把相親的事告訴他，一方面我們認識不過只有一個月，另一方面也預感會被他拿來揶揄，就隨便找了話題。

「我還是有點難以相信，妳找我來只是為了聊天耶。」余尚文這麼說。

「我有那麼難相處嗎？」

「倒是不會。只是第一次見到妳時，我感覺自己跟妳是不同世界的人。妳應該寧願把時間拿去看書或多寫幾篇論文，也不會想跟我這種人打交道。雖然韓宇杰說過妳私下很好相處，但我一直覺得，那是因為你們是同一個世界的人。」

「你何必這麼貶低自己，還把我描述得高不可攀，像個討厭鬼似的。還有，你應該很清楚，我們是真的見過另一個世界的人。」

余尚文一時聽不懂，但很快就反應過來，不禁笑了出來。在情緒逐漸平復後，他漸漸收起笑臉，略為嚴肅的對著我說：「我知道妳心情不好，妳來找我，我挺開心的。也許我們還沒有熟到讓妳願意跟我傾訴心事，但妳有事情都可以跟我說。」

我給了他一個真誠的微笑。謝謝，我在心裡頭這麼說。

「不過現在有個問題，披薩怎麼還沒來？」余尚文下一秒立刻將談話氣氛拉往現實，不過我也挺在意這件事就是了。

「不會是迷路了吧？」我拿起名片正要撥去店裡確認時，腦中突然閃過了一些畫面，接著不自覺的說出：「等一下那個外送員叫 David，還會弄髒我的地墊。」

「妳在說什麼啊？」余尚文一臉迷惑的看著我。

「我……」我用同樣的表情回看他，接著問：「我剛剛說了什麼？」門鈴此時大響，我跟余尚文同時看向大門，他起身去替我應門。

「不好意思，我是外送員 David。公司的外送車有點故障，導致外送延誤，本次餐點會補償你們兩百元的優惠券，敬請見諒。啊！我不小心踩到地墊了，對不起！」

忙亂中結完帳拿完餐點，送走了外送員後，余尚文關上大門，手裡還捧著披薩，轉過頭來對著我說：「妳能解釋一下，剛剛是什麼情況嗎？」

2

De ja vu，中文稱「既視感」，指人們第一次見到某場景，卻感覺「似曾相識」的情況。例如：第一次拜訪的客戶住處，在進去的那一瞬間，覺得自己好像來過。或者對於第一次去的街道，剎那間覺得自己曾經造訪過。但通常只會有短暫的瞬間，很快便恢復正常，對於客戶的家、首次踏上的街道，再次感到理所當然的陌生。

有時候也會發生在一個情境下，好比我拿起了電話，想要撥去披薩店確認外送時，覺得自己好像曾經做過這舉動，但也只會是這樣，不會再有更多了。因此，這次能準確說出外送員名字，以及他犯的小糊塗，著實令我百思不解。弔詭的是，那份閃過畫面的感覺，有如回想起一個還很新鮮的記憶，似乎外送員昨天才來過我家，也做了同樣的事。

這肯定是我吃過最詭異的一頓披薩，連余尚文那樣的貪吃鬼，也僅僅咬了一口意思意思一下。避不了他的追問，但我也無法解釋，為什麼會有一個不存在的記憶，突然間進入了我的腦子。

昨晚我們的結論是：最近我太累了。韓宇杰一家人的事情，傷了我好一陣子的腦力，加上那晚心情的確不好，這樣的解釋不會不合理。一般無法解釋的怪現象，十之八九是因為疲累引起的，不需要大驚小怪。

但我個人滿足於這樣的解釋嗎？

外送員的名字以及後來的舉動，我不應該預知得如此清楚，發生的是事實，令我無法選擇忽視。

「睿昕，宇杰住的公寓，妳原本租金是開價多少？」在我還在苦苦思索的同時，韓文正將我叫進了他的辦公室，一開口便這麼問。

「一萬二。怎麼了嗎？」

「那晚一點我匯十萬給妳，這陣子妳應該幫他付了不少日用雜貨，剩餘的當作補足，不夠的話請再告訴我。」

「不用了。那間公寓是我爸要我幫忙找房客的，但他根本沒多注意那間房子。宇杰暫住那邊沒有問題。」

「請妳一定要收下。這次我們一家人麻煩妳很多，不讓我們付這筆錢，我們會很過意不去。而且，妳不是替我們驗過ＤＮＡ，那些檢驗費用可不便宜。妳一個人獨立生活很辛苦，我們不應該這樣用妳的錢。」

「那好吧。付掉這次即可，不用再多給了。」

這時候，韓文正突然噗嗤笑了一聲，「現在可以談論這麼實際的話題，好像一切都回歸平靜了一樣。明明還有五個月才能證明。」

「會恢復正常的。你們一家人，本來就不應該受到這樣的待遇。」

「那也要在妳的推論是正確的情況下。事實上，我們從頭到尾都無法證明什麼。」

「有些事情，不能研究『量』，那就觀察『質』。你們家人之間的『質』，是無法抹滅的真實，這不是你告訴我的嗎？人心，是質的根本。你們願意相信彼此，就是最好的證據。真相固然重要，但維繫一個家的根本，是你們之間的羈絆。」

「沒想到，我竟然讓自己的學生給我上了一堂課，還是這麼棒的內容。」韓文正欣慰的說。

這是不是好聽話我不知道，但科技始終是關乎於人的。理性與感性之間，總要取得平衡，硬梆梆的理論無法安撫人心。公事公辦卻沒有愛的家庭，我很清楚那種感覺有多差，縱使聚在一起，也依舊讓人嘗盡孤獨的滋味。

✷

回到自己位置後，我再度回頭思索這陣子發生在我身上的怪事。

還記得前幾天，我走到便利商店，卻怎麼也尋不著我要的飲料。明明記得自己很常喝，豈料詢問店員的結果竟是從來沒有那款飲品。隨後我才驚覺，自己平時根本沒有買過那個飲料，怎麼突然間會認為很常買一款不曾上市過的飲料呢？

這是怎麼樣的怪現象，能讓我同時擁有少許的預知，以及暫時性的錯亂？目前僅是生活上的小事，但我害怕這情況會延伸至工作，甚至是一些重要的大事上。而這份擔憂，很快的在我回家時發生了。

我翻遍了包包都找不著大門的鑰匙，接著才注意到大門上的電子鎖——它已經裝設了一年多。但我剛才腦子裡卻清晰的認為自己需要鑰匙，而且我還知道那支鑰匙長怎樣。

我生病了嗎？

這股不安的情緒直到我入睡後，轉換成惡夢，繼續襲擊我。

我夢見自己身處在一處全白的空間，三具韓家人的屍體，緩緩朝著我走近。它們每走一步，腐爛的屍體便逐漸恢復容貌，最後在貼近我之前，韓文正的臉赫然顯現。那是一張五官都是咖啡色的臉，像極了兵馬俑一般的表情，呆愣的直盯著我。

接著，韓文正的屍體轉身，而那具本應該是韓莉婷的屍體，容貌竟轉變成我小時候的臉。當我再仔細一看，韓家夫婦的屍體竟轉變成了我的父母。

場景再度轉換，小女孩被隔絕在另一間房裡，聽話卻孤單的念著書，外頭的父母則陷入了永無止境的爭吵。接著小女孩變成了一顆球，在一張桌子上，被兩張巨大的球拍來回擊打，雙方似乎都深怕那顆球會落入自己那一方。那顆球落下了淚，球體上也遍布傷痕。最後，她逃離了那張桌子，滾到了沒人注意的角落。

我走向前去，想要拾起那顆球，卻怎麼也勾不著。轉頭一看，韓家三具屍體又呈腐爛狀出現在我面前。我這才終於被嚇醒。

躺在床上的我大口的喘著氣，明明開了空調卻流了一身大汗。我不知道這種情況還能糟到什麼地步。

「妳是誰？」

一道清晰的女聲，突然在我腦中響起！我驚跳了起來，馬上打開家裡全部的燈，手裡握住預藏的球棒，卻發現一個人影也沒有。確認了門窗都已上鎖之後，我懷著忐忑的心情再度爬上床。

不知道為什麼，我覺得那聲音好像在哪裡聽過，似乎是我很熟悉的人……但這個時間、地點，出現什麼聲音都不正常。

「妳到底是誰？」

那聲音再次出現，音調比剛剛上升許多。

我再也忍受不住，發狂的放聲尖叫。慌亂中連滾帶爬的衝出家門，奔上車後，抹去被驚嚇出來的淚水，發動了車子便將油門踩到底。我不知道該往哪去，只肯定自己不敢再一個人待下去。

3

深夜喝咖啡，這是很大膽的失眠選擇，不過沒關係，反正今晚注定睡不著。

出門太趕，我只抓了鑰匙，其餘什麼都沒有帶上。身上也只穿了睡覺用的單薄背心及短褲，哪裡都不能去，也不想要整晚待在車上。雖然猶豫了好一陣子，我還是硬著頭皮按了余尚文的門鈴。

「妳說家裡有人，要不要明天一早我過去看看？」余尚文一臉擔憂，連他父母都被驚動了起床關心。

「要報警嗎？」余尚文的母親面露心疼的握著我的手問。

「先不用。」我試圖冷靜，但身子還是忍不住顫抖。

「尚文，你的房間讓給她，先睡沙發。」余尚文的母親這麼吩咐，接著對我說：「今晚先睡我們這裡，沒有多餘的房間，先委屈妳睡尚文的床。」

「沒關係，我不想麻煩你們。讓我待到天亮就好，給我沙發就可以。真的不好意思。」

「不會啦。我的床應該很乾淨，妳睡吧。」余尚文說。

我突然覺得丟臉死了！這副衣衫不整的糗態被看到就算了，還麻煩人家一家子人起床招呼。但我真的暫時不敢回家，只能拉下臉借住一晚。

余尚文領著我進他房間後便打算離開，我叫住了他。

「你睡你的床吧，我今晚也睡不著，坐在地板就好。」說完後，我便靠著牆壁盤腿而坐。

「不敢一個人喔？放心啦，上次發生竊案後，我們社區的保全等級提升了許多，管委會也聘請了保全，不是住戶允許的外人，根本進不來。」

「我家沒有人，我確認過了。是有人對著我的腦子說話。」我沒有回應他的話，自顧自的說著。

我將近日來的怪異現象轉述給余尚文聽，也包括了剛剛做的那場惡夢。

「做了惡夢之後，便有人對著妳的腦子說話，這真的夠詭異了，要是我也會嚇死。但妳說，最近發生的怪事是怎麼回事，以前會這樣嗎？」

「不會，是最近這一、兩個禮拜才開始的。」我用手掌抵著額頭，同樣百思不得其解。

「妳覺得，這跟韓家人有關係嗎？他們決定等半年，也是一、兩個禮拜前的決定。那時候剛好是妳說每半年會有一次的時空修補時機，而且妳也夢到了韓家那三具屍體。」

「但我又沒有跑到別的時空，屍體只在驗屍時看過，會有記憶很正常。那些怪事也僅是發生在我個人身上，怎麼想都沒有關聯。」

「小女孩變成乒乓球又怎麼解釋？」

「那是我自己。」

我的父母不僅與我疏遠，他們彼此間也早無婚姻關係。兩個人本就不是為了愛而結合，卻意外生下了我，變成了他們各自發展的阻礙。為了自己的人生，他們難得有了共識，那就是把我送到外婆家裡。

我小時候不懂事，總會吵著要見父母，無視外婆的為難。國中時，意外在街上撞見了父親的新家庭，並且聽說母親也已改嫁，我才終於明白自己無法再奢求什麼。

「幸好我爸媽各自都賺了些錢，也還有一點良心，所以在物質上並沒有虧待我。但他們總是託人把東西拿來，我很難見到他們本人。上次，也不知道他們哪根筋不對，覺得我應該要嫁人了，兩個人便多事的幫我安排相親。明明從來就不像父母，真搞不懂現在是想要裝什麼？父母親的角色，哪有想當就當，不想當就不當的？」

「所以那天妳心情不好找我去，就是因為妳父母幫妳安排了相親？」

「是啊。不過說起來，那天也發生了怪事，不是嗎？」

「妳說披薩外送員嗎？那真的嚇到我耶。」

「不管如何，明天還要麻煩你陪我回家一趟。你最近工作會很忙嗎？會不會占用到你的時間？」

「托妳的福，妳幫我介紹的那些客人付錢都很大方，而且也不會很難搞，所以偶爾開溜一下沒關係。」看來余尚文似乎很滿意我介紹的客戶，表情藏不住喜悅，最後便對我說：「妳確定沒有要睡，那我就睡床囉！」

看著余尚文跳上床的舉動，讓我不禁搖頭笑了出來。他這樣子怎麼追得到女生啊。

我看向房間的落地窗。半年前，余尚文就是在這裡，目擊了韓家人埋屍的畫面。我站起身走近，果然韓家的草皮一覽無遺。

「睿昕，為什麼妳沒有去找韓宇杰？還是一樣不想麻煩他嗎？」躺在床上的余尚文，從棉被裡探出半個頭問。

「我是不是真的打擾到你了，要不然你怎麼一直這樣問？」我心臟揪了一下，滿是羞愧感。

「不要誤會。我只是覺得……妳好像刻意避開他。還是我多想了？」

「沒有刻意。只是他現在的心思，都在等待半年後家人是否還存在上頭，跟他講別的事情，想必也只是擾亂他而已。我覺得這段時間需要給他個人空間，因為他心裡頭真心渴望自己的家人還活著，不希望自己失去了家人，沒有什麼事情比那重要。」

「你們兩個看起來都光鮮亮麗的，怎麼私底下都這麼悲情。」

「只是沒有你這麼樂觀而已。快睡吧。」

「好啦，我知道我很帥。早上記得叫我起床，晚安。」余尚文揮了揮手，又鑽進棉被裡。

隔天一早，我向公司請了假，余尚文陪同我回家，將屋裡頭各處巡視過一次，確認一切正常後，他待到晚上才被我勸了回去。

多虧了長時間沒有睡眠，洗完澡才剛過晚上八點——這通常是我平常回到家的時間——但此時此刻放鬆之後，我很快升起了濃濃的睡意，倒頭就睡應該可以一覺到天亮。這陣子的混亂，本來就懷疑是太疲勞引起的，一場高品質的睡眠相信可以減緩這些症狀。希望明天開始，一切恢復如常。我對自己這麼說。

「什麼恢復正常，妳到底是誰？」
不會吧！那道女聲又出現了！
可是，「她」似乎比我還要驚恐。

4

「到底聲音是從哪裡出來的？明明家裡一個人都沒有……難道我還要再去旅館住一晚，這樣會不會太小題大作了？」

那女聲用顫抖的聲音低喃，一句句在我腦中不停迴盪。透過她的語句，我清楚感覺到她的不安與惶恐，以及感知到她正在巡視家中的每個角落。偶爾好像有什麼畫面閃過腦海，卻每每在我想要認真觀看時消逝。我也不知道自己究竟該閉眼還是睜眼。

「每個地方都檢查過了，不可能會有人的。」

她不斷叨唸著，我的頭這時開始發痛。

「妳不要再說話了，妳到底是誰？」我壓著太陽穴大吼著，可那聲音並沒有回應我，只是不停的碎唸。

「不可能，這不可能！我把它們都鎖起來了……可是，一開始它們也是莫名其妙出現的……怎麼辦，我要找誰才好？」

那道女聲碎唸的內容，為什麼聽起來這麼熟悉？

「我到底做了什麼，要受到這種折磨？」

頭快要爆炸了，那女聲連珠砲的叨唸，每傳進我腦子一次，頭顱便越發難受。但無論我怎麼喊叫，對方都聽不到我的聲音。我壓著頭在床上不停的翻滾，最後跌到地上，也扯下了床單，模樣狼狽不堪。

住口！不要再說話了！我痛到沒有力氣喊叫，只能暗自祈禱著。

「我又聽到那聲音了，她是叫我住口嗎？」那女聲的音調轉為疑惑。

她聽見我的聲音了？可是那句話我沒有說出口，只是在心裡頭想而已啊。但這句話似乎奏效了，她停止了碎唸，讓我暫時得到喘息。要是她再繼續唸下去，我真的會痛到暈過去。

我躺在地上，全身因為剛才的疼痛導致肌肉緊繃，逼出了一身汗。也許是聽了那女聲說了太多話，我好像沒這麼害怕了，感覺得出來她比我還恐懼。雖然還是不明白發生了什麼狀況，但我決定鼓起勇氣主動接觸她。

「妳還在嗎？」我看著天花板，輕輕發聲詢問試探。

沒有回應。難不成……

「妳聽得到我的聲音嗎？」我將這句話，在腦中自己問自己。

「……啊。我又聽到了。她在問我問題嗎？這聲音，怎麼好像是直接傳進我腦子裡。」那女聲好像嚇了一跳。

「是，我在問妳問題。請妳不要激動，否則我的頭會很痛。」我在心裡回應。

這下我全明白了。我與陌生女聲的對話靠的不是口說的言語，而是意念的交流。換而言之，我可以不必開口說話，只要將一句話在腦中用想的，便可以傳遞給她，她對我也同樣如此。我與她，竟有了不知為何、突如其來的心電感應。

幾番試驗後，又進一步發現，不是腦子隨便想想都能傳遞訊息，必須完整組織好一句話，以內心獨白的方式，才有辦法讓對方接收到。畫面也可以，但困難度更高，而且會使我們兩方的頭都很痛，我們試了幾次就放棄了。

一開始，這有點耗腦力，因為我們的腦子裡雖然充斥著相當多的資訊，但都是眾多片段的組合、跳躍，而且處理資訊的速度飛快。要與這名女子對話，等於要強迫自己的腦子刻意用緩慢速度思考，多少有點不習慣。

事情總是一旦刻意去做，便沒有那麼順利。當我們彼此都冷靜下來，也慢慢消除了恐懼後，對話就變得有點困難。好幾次，我們各自想說的話都沒有傳過去，只能聽到另一方不斷詢問：「妳還在嗎？」

我明明已經快要兩個晚上沒有睡覺了，這時卻早已忘記所有疲憊。知道自己跟某人有了心電感應，睡覺哪裡是什麼重要的事。

「要不要交換一下個人資料？我們說的是同一種語言，好像連腔調都一樣，搞不好住在同一個國家。也許實際見個面有助於釐清狀況。」我對她這麼說。不過我也不是很肯定，也許心電感應傳達的是意念，不受語言限制的那種。

接著我對著自己，也是對著她，做了一次自我介紹，沒想到卻換來她的沉默。起先我以為是訊息又傳遞失敗，所以再次重複介紹，也多補充了一些，直到給出的資料多到我認為足夠寫一本回憶錄的大綱後，我才住口。

沒道理我要先說那麼多，萬一她根本沒聽到也是白費唇舌。

「哈囉，妳還在嗎？」

「這不好笑，不要這樣子整我，妳到底是誰？」她終於回應了，語氣卻聽起來有點複雜、有點生氣，又有點吃驚。

「怎麼又回到原點了？我沒有整妳，我真的不清楚為什麼與妳有了連結。但我相信我們見面後，就能一起找出原因。」

「可是……這是不可能的。」

「事到如今，還有什麼不可能的？難道我現在是在跟自己的幻聽對話嗎？雖然也不排除有這樣的可能啦。」

「我倒希望這是我的幻聽……或許根本就是。」

「什麼意思？」

「妳真的講的是妳自己的事情？」

「我騙妳幹嘛？」

「我不知道，我真的不知道。這絕對是我的幻聽。」

她好像又開始害怕了，語氣開始變得緊張，最後說：

「妳剛剛講的那些，都是我的資料啊！」

5

震驚過後，我大膽的假設：她是另一個時空的梁睿昕。有鑑於韓家人的事件，這是很合理的推測。我們不論在個人及身家背景的資料都一模一樣，更不可能住在同一個地方，卻見不到彼此。

後來我們決定先各自冷靜一會兒。隔天我照常上班，中間也試圖聯繫她，但不知道她是否故意躲我，還是我恢復正常了，整個白天都沒有回應。不過沒關係，這讓我得以專心設計驗證需要的問題。

歷史存在的意義，是要提醒我們別犯同樣的錯誤。這聽起來像廢話，但其實這一點，我們人類一直沒有做到。所以在這件事上，我一定要記取教訓，否則就會像韓家人那次事件一樣，再一次丈二金剛摸不著頭腦。

假設太多沒有意義，選一個最有可能的先行實驗。如此一來滿足了大膽假設的條件，緊接著便是設計實驗，去驗證我這一套假設是否合理。

「我有事情，沒辦法吃午餐，抱歉。」我想都沒想便一口回絕。

「沒關係，只是關心妳一下。所以，家裡還好吧？」余尚文在電話一頭問。

「嗯……」我猶豫著要不要全盤托出，一方面想專心把問題弄好，不想多花時間解釋，另一方面不希望余尚文為我擔心。

最近我特別依賴他，他也似乎覺得關心我成為一種責任。原來，想要受到關注的我，在真的得到了以後，反而不太習慣。這種扭曲性格，連我自己都頗為討厭。

「好啦，妳一個科學家一定很忙。沒事就好，記得要吃午餐。」余尚文爽朗的笑了幾聲，準備結束通話。

不知為何，我從他的語氣中聽出了些許落寞，而且我從背景聲裡聽到了公司樓下的廣播。

「喂，等一下……你想吃什麼？人都跑來了，還叫你走不就太無情了。」

「妳怎麼……」他嚇了一跳，在我解釋了聽見廣播後，才又笑了出來，「反正我又不是第一次被妳叫來叫去了。」

沒朋友的人就是偏激，咬我啊！

不過，有了余尚文陪伴的這頓午飯，讓我緊繃的思緒得到了一點釋放。好幾次差點脫口而出發生在我腦中的亂鬥，幸虧都克制住了。還是等釐清了頭緒，再好好的告訴他吧。現在，我只想要享受一頓有朋友陪伴的午餐。

萬一，我遇到的根本不是另一個時空的梁睿昕，只是單純腦子生了病，可能很難再有這樣的機會，與朋友在外頭輕鬆的用餐。

「這是？」午餐結束後，余尚文遞給我一個盒子。

「智慧手錶，最近一個客戶送的。我看妳常常拿手機看時間卻也不戴錶，這支送妳，算是給妳壓壓驚。它還有很多功能，但妳要先設定就是了。」余尚文傻笑著說。

「不用了，很貴吧！既然是客戶送你的就自己留著用，那是你的福利。」

「收下吧。再說，它是免費的。」

我看著禮物，又看了一下余尚文，心裡感到一陣溫暖，又不希望自己讓他誤會什麼。有著這樣念頭的我，是不是非常矛盾？

✷

好不容易結束了一天的工作，我準時回到家，很快便與那名梁睿昕又恢復了連結。關於這點我們都很好奇，因為她自稱白天在公司也試圖聯繫我，卻沒有成功過。但這不是我們首要探究的部分，兩人同意暫時先擱著。

今晚，我們達成默契，不再自亂陣腳，改而一步一步，有效率的互問互答。藉由各種問題，來驗證我是一個有幻聽的瘋子，還是真的有兩個快被逼瘋的人。

幾十個問題過去後，我們彼此的答案都是一模一樣的。

這還不能代表什麼，對方或許早把我的資料摸得很徹底，想要製造一個假象，讓我相信她是另一個時空的我。雖然我不知道自己何德何能，有必要讓人家去研發一個意念交換裝置來騙我，但小心一點總是好事。終於，在其中一個有關居家改造的問題上，我們有了差異。

「妳的洗手台怎麼會選用那種磁磚？」我驚呼。

「當時缺貨啊，我有什麼辦法。」她不甘示弱，接著說：「我不知道妳是怎樣的心情，但對我而言，沒有他們前一家子的痕跡才是最重要的。可能妳沒有那麼討厭他們，可我受不了他們的味道。」

「我是不到討厭，只是留著他們的東西，會讓我感覺……」我才講到一半，她就接著講下去。

「感覺好像硬闖入了誰的地盤，用著人家不要的東西。」她說。

她這一回話，像把重槌一樣直中我心。

　　父親在我赴美讀完研究所回國後，便將這棟他住了三十年的房子過戶給我，自己帶著妻兒搬到新的住處。我還記得交屋那天，屋內早已人去樓空，有的只是一位苦命的助理，負責將鑰匙轉交給我。

　　一如往常，我從不回絕父母給我的東西，也許是補償心態，認為這是他們應該給的。而我是否也在暗自期待著哪一次能遇上他們，親自將東西遞給我？這點我從來沒否定過。只不過事實證明，我不過是一直在做夢。

　　惡夢不可怕，清醒了就好，即使現實世界也沒有多好，至少我還有所選擇。所以我投入很多精神打理這棟屋子，費盡心神改造每一處，抹去所有他們一家人住過的痕跡。如此一來，我擁有了自己的天地，不需要再妄想著被邀請進入誰的世界。我相信很少人會對一棟屋子有這種情緒。身家背景的資料不算什麼，我寧可相信這股情緒才能真正代表我，也是對方證明自己同樣是梁睿昕的鐵證。

　　她和我，對於這棟屋子有著同樣的感情，但改造作法上又有不同之處，這是一個很好的開始，接下來該要問問其他領域的問題了。

　　不同時空的人，理論上際遇是相似的，只是在某一個環節會做下不同的決定，影響了往後的人生。現在我們清楚了彼此的相同之處，再來，我想了解我們彼此的不同。

最近才發生的那件大事，她有沒有一樣遇到了？這點我非常好奇。不管她的答案如何，都是解開韓家之謎的參考。所以我問她，近期有沒有遇過什麼匪夷所思的事情，我們異口同聲的回答：

「韓宇杰。」

「韓文正。」

名字不同，但果然都是韓家人。

我將韓家人的事情轉述給她聽，花了不少時間，也讓我的頭有點痛，但幸好都有成功傳遞過去。

「我覺得他們的事件，很有可能是我們現在發生心電感應的原因。妳覺得呢？」

「我最近去過韓家，所以不否定這樣的可能性。」

「妳那邊的韓家人，發生了什麼事？」

「一家人半年前都消失了。我想，我存在的世界，可能就是你們一直猜測，卻無法驗證的那一個時空。」說了這句後，她的語氣開始哽咽，「真羨慕妳……」

「所以，妳那邊的韓宇杰真的在一年前……」

「嗯。」

「真抱歉。不過為什麼妳最近會去韓家？」

「因為屍體。一個月前，我家的地下室出現了三具屍體。」

是那三具驗屍過的韓家人屍體。我將其存放在地下室的冰櫃裡頭，還上了鎖，隨後卻依然不翼而飛、憑空消失。當時推測的時空修補論，此刻終於得到了一點線索。

可以想像她發現屍體的反應，心裡也有點對不起她。前男友去世，上司莫名消失，最後家裡還出現屍體，在在驗證了余尚文的幸與不幸的時空理論。我們的差異不是抉擇，而是更讓人無可奈何的命運。

但她真不愧是我，有著同樣堅強的性格。她很快的拋開那些情緒，繼續與我往下對談。這一談，倒有了一個讓我更興奮的消息。

6

我不是一個喜歡自言自語的人，好啦，有時候會。但我肯定會唸出聲來，像一個碎碎唸的大嬸，旁人都會聽到，只是不一定聽得清楚內容。對於那些會將心聲都往肚裡吞的人，不在我的理解範圍。

每個人自身的個性，受到了環境影響甚大。當自己在乎的人都離去，也沒有新的人加入，孤獨油然而生。另一個梁睿昕變成了一名只會把話說在心裡頭的人，好像也沒那麼奇怪，她也肯定沒想過會有人聽得到。

我不否認能與她對話，讓我感到十分新奇。我迫不及待的想了解她更多，想知道關於她那個世界的事情，她對我也是一樣的心情。只是我們同樣清楚，這不是對的事。

平行時空之所以稱為平行，正是不應該有交集。我們不能肯定，即使是這樣的隔空交談，是不是也會帶來什麼不可逆的影響？因此終有一天，我們必須切斷連結。在切斷之前，則要先找出，為何我們能有連結？

自家地下室出現屍體，一般人會直接報警，她卻沒有立刻這麼做。因為個性始然，她用盡一切調查方法，結論都是屍體是憑空出現的，讓她更加確定要私下處理，否則跳到黃河也洗不清。

準備棄屍前，她突然好奇那三具屍體的身分，因此花了一點時間研究黏土容貌重建技術，直到這陣子才大致還原其中一具屍體的形貌。雖然她自認為重建得不夠精良，但卻怎麼看都覺得是韓文正——我想這就是我夢到惡夢的原因吧。

對於當時的她而言，韓家人已經失蹤半年，兩者之間的關聯很快接上。這才促使她決定造訪韓家，一探究竟。

「韓家看起來，的確是好一陣子沒人居住。門口的信箱塞滿了郵件，屋裡頭也因為有幾扇窗戶未關妥導致積了一層厚灰。我在韓文正的書房裡拿了一些東西回來，想看看能不能找到他們消失的原因。在此之前，警察好像有來過，所以我也不知道有多少東西先被拿走了。離開之前，我在客廳裡，還踩到了一個東西。」

如果沒錯的話，她踩到的正是那台我們急欲尋找的穿梭機。而她沒有來到我們這裡的原因，推測是因為被她那麼一踩，機器有點故障了。穿梭機失去了帶人穿梭時空的功能，卻仍有著將人的意念傳遞到另一個時空的功用。

「等一下！」余尚文舉起雙手，擺了個叉叉的手勢。

「你認為我瘋了，竟然會相信腦中的聲音，是嗎？」我不安的咬著下唇。

「不，我相信。所以，找到穿梭機了？」

「你相信？」

「我覺得事到如今，什麼都相信比較有幫助，我沒有能懷疑的本領。」

「那你為什麼喊停？」

「資訊太多，我需要消化一下。」余尚文站起身，開始來回踱步。

不管如何，余尚文沒有把我當成瘋子是一件好事。有了他的信任，多少給了我一點鼓勵。我不想一個人面對，多個同伴好做事。

「你為什麼不跟韓宇杰或他爸講，這消息對他們很重要。他們一家人現在分開住，就是等著確認彼此的親子關係，也許妳能提早結束他們的煎熬。」這時他這麼問。

「我知道啊。可是這影響著他們一家人，我希望我能更加肯定。老實說，我還是不能否定自己人格分裂的可能。」

「人格分裂成另一個妳，也算人格分裂嗎？」

「我不知道，反正先告訴你還有一個很重要的原因。你們社區半年前不是出了竊案嗎？他們那裡也有。不同的是，那裡的三名竊賊落網了。」

「妳什麼都不肯定，卻相信她提供的犯人長相？」

「如果她提供給我的犯人資料是有幫助的，就能多一項證明。」

「但不同時空的人，也許會有不同的選擇。兩邊的竊賊也許是不同批人。」

「所有一切都是理論。我說過了，理論這東西就是說服力強便可成立，事實也許根本不是那樣。有時候只是部分對，部分不對。試試看囉！」

我和她這段心電感應，彼此在語言上的交流處理得很順暢，唯獨傳遞畫面時，那項技巧依舊不到家。除了模糊不清、斷斷續續以外，還會引發劇烈的頭疼。因此，我大概接收到了模糊的輪廓，細部只能靠言語補充。

「你是設計師，會人像素描吧？有自信畫出我說的人嗎？」

「人像素描難不倒我，只是犯人素描需要目擊者本身真的見過，反覆確認修改，否則單憑描述畫出來會有很大的誤差。」

「我大概知道他們長怎樣，只是很混亂。如果你有辦法畫出來，我可以越來越確定自己腦中的影像是如何。」

這件事一直都是韓文正的心中刺，他朝思暮想要找到那三名歹徒。畢竟那三名竊賊殺了韓家三口人，如果發現韓家人又復活了，不知道會引發什麼混亂。人會因為恐懼而做傻事，嚇壞的殺人逃犯更難以預測行動。

余尚文勉強答應了我的要求。接著我們花了一整個白天，繪製出那三名竊賊的素描像。費了一番工夫，在我認為與我腦中的影像逐漸相符後，余尚文才終於停筆。正當我還在想要怎麼運用這三張畫的時候，端詳自己畫作許久的余尚文開口了。

「睿昕……」

「怎樣？你想到什麼方法嗎？」我轉過頭問。

余尚文沒有回應我的問題，而是指向畫中其中一人，對著我說：「剛才出門前，我在社區大門前面，看過這個人。」

7

自從竊案發生之後，社區的保全等級提高了許多。韓文正為了保護家人，出入都要求他們開車或攜伴，絕不允許有落單的情況。因此上次我們私自把韓莉婷約到咖啡廳，就讓韓文正緊張得半死。

這麼小心果然有幫助，因為竊賊確實早已發現了韓家人沒死，而且不知道從何時開始便埋伏在附近。這終究是一個令人十分不安的發現，我無法顧慮太多，直接拉著余尚文上車，油門一踩便往韓家衝去。

一進韓家，印入眼簾的是玄關旁那一疊待用的紙箱。

「睿昕，怎麼突然跑來了？剛剛電話裡妳聽起來很緊張，發生什麼事？」韓文正邀請我跟余尚文進屋後這麼問。

「你們……要搬家？」我問。

「其實是昨天跟宇杰通話後，我們才決定的。這裡發生過太多事情，還有那三名歹徒至今仍未落網，讓我很擔心。所以我們說好，時間到了如果大家都還在，確定了彼此都是一家人就要搬家。我只是先把紙箱拿回來，還沒那麼快要打包。找房子什麼的也要很久，是我太心急了。」

「才不會，何不現在就搬？」我想都沒想，這句話就衝出口。

「啊？」

余尚文這時拉了拉我的衣角，提醒我別太衝動。

「韓主任，你們有時間嗎？不對，很抱歉，沒有也要有，這真的非常重要。」

我的表情一定很可怕，韓文正似乎被我嚇著了。

一件這麼複雜的事情在一天之內講了兩遍，幸好余尚文偶爾會幫我接口，要不然以我此刻急迫的心情，好幾次都說到喘不過氣。我希望他們馬上就走，遠離這個是非之地。

「所以……妳的意思是說，妳跟另一個時空的梁睿昕有了連結？」韓文正睜大了雙眼，只勉強擠出這些話。

「是。我知道我應該要更肯定再行動的，可是余尚文認出了其中一名竊賊，那些人肯定是衝著你們來的。你們現在身陷危險，我希望你們可以立刻搬家，至少人先走，這些東西再請搬家公司來拿。」

「我懂……我明白妳的顧慮。我會的……我會立刻搬家。但是睿昕，我可以問妳一個問題嗎？」韓文正這時候抽了一張面紙，輕輕壓了壓眼角，「這是不是代表，我們是這個時空的人，宇杰就是我們的家人嗎？」

「如果你們願意相信我沒有瘋掉，我腦中的聲音真的是來自另一個時空的我。那麼，沒錯，你們是這裡的人，宇杰也是你的兒子。」我微微笑著，這怎麼樣都是好消息吧。

余尚文說對了，這些消息對韓家人很重要。

「這是有可能的。那台穿梭機根據資料看來，如果運用在人體上，確實有心靈意識的連結功能，進而達到肉體穿梭。沒有完全損壞的話，保有傳遞意識的功能是可能的。我親眼看過那台機器，與妳所描述的的確相同，而妳並沒有看過機器，不是嗎？」韓文正這麼說。

「沒錯。妳剛剛描述的穿梭機，確實就是我所看過的那台。」韓莉婷在一旁補充，她也是仔細端詳過機器的人。

「那妳下一步該怎麼做？妳們現在還有辦法對話嗎？」韓文正問。

「我只要一離開家就無法跟她對話，她說機器擺在家裡，可能是這個原因吧。不過說起來，你實際與她相處過，她跟我像嗎？」

「外表上跟妳一模一樣，不過我沒有特別關注她。那裡的公司比較嚴格，壓力很大，每個人都很忙，私下沒有太多交流。現在回頭想想，那時候我偶爾覺得她有點沒精神，人比較陰沉，但公司是那種氣氛，我只覺得她比較累吧。」

「總覺得她好可憐。」我有點心疼。

「那是因為她不認識我，認識了我，人生多歡樂。」余尚文這時滿嘴塞著韓太太準備的點心，一邊說著。

「對耶，照那邊的人生走向，好像不會認識你。不知道這是好事還是壞事。」我斜眼看著余尚文說。

「當然是壞事。瞧她孤伶伶的，都沒個人陪。」

「搞不好那邊的你是個變態。」我翻了個白眼，正巧他預備要吞下那口食物，沒能立刻回嘴，一臉不甘心。

「總之，韓主任，我希望你們快點搬家。剛才我們到這裡的時候雖然沒有發現那名竊賊，但我想他們不止這一天在附近徘徊了。你們有別的地方可以立刻搬過去嗎？」

韓文正點點頭，表示他們會聽我的建議，今晚全家人先離開，往後再想辦法搬東西。這時我終於稍稍放心，便告辭了韓家，前往韓宇杰那裡，準備告訴他這些消息。路途中，余尚文打趣說，這陣子我們好像是韓家人的保鑣，無時無刻都得擔心他們一家子的安危。想想確實如此，但也沒什麼。我不怕自己需要為他們操心，只怕自己不夠細心，疏忽了某一個環節。一個小疏失會引起什麼災難，我根本無法肯定。

只能相信這個時空的韓家，真的是幸福的。同時，我也希望在切斷連結之前，想個辦法讓另一個我能過得開心點。不知道，這樣算擾亂時空嗎？

8

眼前這場景在旁人看來，就是一個瘋女人躺在床上，雙眼盯著天花板發呆的情況。我偶爾皺皺眉頭、偶爾歪嘴一笑，沒人猜得到我的腦中正在舉辦一場下午茶敘。對話持續進行，因為時空穿梭留了太多未解之謎，我們都想知道真相。在思考怎麼將三名竊賊繩之以法之餘，盡可能找機會交流。

乍看之下，這是一場互換的遊戲，另一個時空的韓文正搞了一場大風吹，最後吹到自己的命都沒了，一家人也跟著陪葬。

但事情演變至今，去追究那名韓文正的自私也沒意義。我們反而比較好奇，這個能讓他開啟換換樂遊戲的機器，究竟是怎麼到手的？

之前韓文正說過，當初我們認為是製造穿梭機的那些資料僅僅是一個理論。我向另一時空的梁睿昕詢問後，得知了那邊的公司只是重啟那項商用運輸技術的研究，進度也許比我們超前，卻距離技術實現的日子仍有一大段時日。

簡單說起來，兩方的時空都仍未有發明穿梭機的能力。

「一直研究下去，這台機器的確有可能是最終產物。只是有一個關鍵性的問題，它太小台了。要精簡到這程度，還保有相同的功能，預期是更久以後才辦得到的事情。」

「妳想，這會不會是外星產物？」

「不是。機器有個開關，上面印有 ON/OFF，除非外星人也用英文。」

「那妳有想過要修好它嗎？」

「想過，但看了一眼就放棄，裡頭超複雜的。」

這麼一來只剩一種可能：這是一個更先進的研究所或團體發明的。不論哪種方法，我們都認為韓文正應該是意外取得。除了他本身沒有發明那台機器的能力，還有這台機器也不可能光憑一個人就能製造，背後一定要有龐大的資金跟團隊合作才能完成。現代的科技皆是如此，沒有團隊，很難做事。

照她的描述，那邊的公司壓力很大，時間根本不夠用，韓文正身為研究室主任，哪有時間參與別的研究團隊。

「你們那邊，有沒有一個叫做 HEAVEN 的駭客組織？」突然間，她這麼問。

「沒聽過，怎麼了？」

HEAVEN 是那邊一個頗具盛名的駭客團體，以剷除罪惡為精神理念，頗受年輕人支持，也有不少成年人認同。雖然不常做出大事件，但不時會有一些獲救的受害者表示受到 HEAVEN 幫助，更有不少人爆料，許多難解案件都是靠他們出手，才讓警方順利偵破的。不過爭議之處在於，有謠言說他們會自行解決一些重大罪刑的犯人。

得到了一個有趣的消息。不過這跟韓文正有什麼關係？

「聽說 HEAVEN 在每個國家都有五名領導人，而他們會自己尋找成員，只是加入者不能說出自己的身分。我曾經懷疑韓文正是HEAVEN成員。因為我曾在他的電腦裡看到他把一些難解的研究偷偷交給一些人幫忙，還稱呼他們『天使們』。HEAVEN 成員間彼此正是互稱『天使』。」

「聽起來也像給情婦的暱稱，只靠這點很難斷定吧。」

「也是。只是要我猜想有哪一個研究所有能力研發這麼超時代的產物，第一個只會聯想到那個組織而已。聽說能夠加入的成員，頭腦好是最基本的條件，再來就是內心要夠純正。」

「他都隨便把人調換到別的時空了，心術非常之歪，妳覺得呢？」

我們竟然連這種推測都搬出來，關於韓文正是怎麼取得穿梭機這個真相，真的只有他本人才知道了。而我也漸漸認為，跨時空交談應該要走到尾聲了。

有另一個時空的梁睿昕幫助，我得以對照各個時間點，拼湊出韓家事件的全貌。如今，我們的訊息已交換的夠多，證明了穿梭機的存在、韓家人的歸屬以及三名竊賊的容貌，只要願意相信彼此給的資料，謎底已幾乎大白。至於機器是怎麼到手的，或許已沒有那麼重要，因為知道了又如何？更別說，光是要找出來源會遇上多少疑難。

「這宇宙真的很神奇。我們是不同人，卻又是同一人。」她感性的說著。

「是啊。但照理說，我們不應該有這種感受。」

「我明白。平行時空是為了每一次的抉擇結果，做為彌補歷史悖論的必要存在，並不是設計用來交流的。我們每一次對話，都有可能會產生新的時空，造成秩序上的混亂。」

「嗯，雖然有點不捨，但我們應該要找個日子，好好的說再見了。」

雖然那台機器在兩方的時空都是極其珍貴的科學產物，要毀掉它讓我們相當掙扎。但一個韓文正的私心，就可以造成這麼多麻煩，不敢想像被我們人類拿來大肆利用會造成多大的破壞力。

我很高興與她擁有一樣的共識，但眼角卻不自覺滑下了淚珠。原來，要跟自己道別，竟是如此心酸。每個人都想找到真正了解自己的人，我何等有幸，遇到了「自己」。我想，這輩子我再也不需要任何心靈勵志的書籍，因為我應該是世上唯一一位，成功做到「與自己對話」的人。

今天的對話有點久，腦袋不禁開始疼了起來，我們決定到此為止，讓彼此先休息，明天再來討論切斷連結的事。結束之前，我忍不住開口問了她一件事。

「我很快問一下，妳是不是喜歡吃披薩？」

「還不錯。心情不好可以一個人吃一整盒。妳不喜歡嗎？」

「不喜歡。所以得知父母安排相親那一晚，妳有吃嗎？」

「有啊，那天心情很差。我還記得那天外送員踩髒了我的地墊。」

果然。雖然有點失望自己沒有想像中的超能力，倒也鬆了口氣。正式結束對話後，我忍不住疲憊來襲，很快的沉沉睡去。

9

我從劇痛中一下子驚醒，毛巾堵著喉頭，讓我發不出聲響，雙手在身後感受到繩索的束縛。

濃烈的濕氣臭味撲鼻而來。發生什麼事了？

「就是她，一直出入那戶人家。我觀察過了，她一進社區就往那戶人家跑。」

「她一定知道什麼。那三個人明明被我們砍成那樣，竟然沒死，根本見鬼了！」

恍惚中聽到了這般對話。沒想到韓家人火速搬離的舉動，竟會讓那三名竊賊的目標轉向了我。

該死的，我忘了整個事件不是只有知性的科學探討，還隱藏著人性現實的凶惡，這是最大的疏忽。這一切本就因著自私而生，即使我千方百計想要用理性去補救，過程中仍舊無法避免人心的掙扎、惶恐及憤怒。這些都會讓人再一次走錯路，或者遇上更大的阻礙與苦難。

也許我可以自信滿滿的相信自己存在於幸福的時空，而且時空擁有修補的判別智慧，這只是彌補過程裡一個必要且合理的事件。所有與韓家人有過接觸的人，都必須承擔的修繕共業。

然而事實上，我、快、嚇、死、了！

什麼幸福時空、修補智慧，那都是產生不到一個月的理論而已，搞不好我待會就會被先姦後殺。為什麼這麼倒楣的事會被我遇上，那些竊賊何必這麼緊張，人沒死，可以少背一條罪名不是很好嗎？

我無法得知自己身在何處，四周暗得駭人、靜得可怕、還臭得要命，身體更是動彈不得，只能完全任人擺布，沒有一線自我逃脫的生機。我好像被整個世界遺忘，一個人靜靜的、無助的被丟入了濃濃黑暗之中。

✷

外面發生了什麼事情，我一點都不曉得。只知道很吵，感覺整個大地都在晃動，接著黑暗中撕裂出一道光，在我毫無準備下刺射入我的雙眼。這時我才明白自己原來一直處在一輛車的後車廂裡。眩光仍未消退之下，感覺有人按住了我的肩膀，輕輕的、溫柔的搖晃著，對著我說：「小姐，妳聽得到我的聲音嗎？

「對不起，對不起，對不起！」那人開始不停向我道歉，接著對我說：「我同伴去買東西，留我下來看著妳。如果妳答應我不會亂叫，我就幫妳把嘴裡的毛巾拿掉，可以嗎？」

我漸漸看清楚眼前的景象，那是一名不修邊幅的鬍碴男，正神經兮兮地盯著我瞧。這也讓我不自覺害怕的縮了起來。他確實頗像畫像其中一名男子。

「我們時間不多，所以可以拜託妳保持冷靜嗎？我不會傷害妳，我從來不想傷害人……只是……算了！妳可以做到嗎？」

能開口說話總是一件好事，我只能配合著點了頭。

「對不起……我只能這樣偷偷幫妳一下，讓妳喘口氣，實在不知道還能怎麼辦。」拿掉我嘴裡的毛巾後，鬍碴男這麼說著。

「你可以放我走。」

「這不行……被他們知道了，搞不好我會被打死。」

「那你為什麼還要幫我？」

「我不知道……我根本不想傷害任何人，也不想傷害妳。他們不告訴我之後要對妳做什麼，我也不知道自己接下來該怎麼辦。」

「你放我走，跟我一起去自首，我會替你求情，請法官輕判你一點，好不好？」

「可是……」

「你來幫我，不就是想要放我走嗎？我知道你不想做壞事，現在還有機會，我會幫你的，我認識很厲害的律師，我可以免費幫你，只求你放我走。」

「妳根本不知道發生什麼事！我腦子都快要爆炸了，這沒有那麼簡單。」

連當代偉大的科學家如我都不一定能了解了，更何況是這位鬍碴男。他們想破頭都不能理解在我預料之內，但當務之急我只想抓緊機會，畢竟鬍碴男看起來犯罪信心有點不足，也許可以讓人說服。

「你們沒有殺人。」我脫口而出。

鬍碴男此時睜大雙眼盯著我，滿臉不可思議。

「妳怎麼知道……」他怯怯的問。

「你們綁架我，不就是想知道自己有沒有殺人嗎？我可以告訴你，沒有。但要是你不趁現在放我走，也許你們就準備要犯下殺人罪了，不是嗎？」

「當時是情急之下……」

「不要管當時了。你們在意的那家人都還好好活著，沒有被你們殺掉。但你能肯定你的同伴不會殺了我嗎？」

「我……」鬍碴男猶豫了起來，這是好事，我希望他能快一點決定，「可是這說不通啊，我親眼看見那家人……」

如果要把整件事都解釋給他聽，估計序章還沒說完，他的同伴就回來了。加上我也不清楚鬍碴男的教育水準到哪，解釋起來是否又要拉長時間，沒辦法現在立刻跟他說明，只能先誘導。

「先生，相信我，你們當天做的事並不算數，你們沒有殺人。你現在放我走，或是跟我一起走，我慢慢解釋給你聽。」

「可是如果我們沒有殺人，那要告訴我的同伴才行。」

「先生！當時殺人，是你的同伴做的吧？你根本不想殺人，但他們卻還是這麼做了，結果你被迫跟他們一起逃亡，這哪裡叫同伴？你知道他們有可能會殺了我吧？如果你不想背負殺人罪，只有現在放了我，跟我一起走！」

「我……」

鬍碴男緊皺著眉頭，似乎陷入了天人交戰。雖然我一點都不懂，放我走能夠少一條罪名有何不可，但罪犯們顧慮的點顯然是我所不了解的。他想了有點久，差不多我快要放棄希望時，他突然把我背後的繩索解開了。

「妳快跑吧。」他低著頭，壓著聲音對我說。

我見機不可失，連忙掙脫剩餘的繩索，狼狽的爬出後車廂，重重跌落在地上，但很快便用手撐住身體，爬了起來。

「你不跟我走嗎？」我正準備要跑的時候，瞥見鬍碴男還杵在原地。

「不了。我不能丟下他們。」

真是令人動容的兄弟情，但我一點都不在乎。能說的都說了、能做的都做了，這人要這麼執迷不悟，我也沒辦法。至於他會有什麼下場，我完全不想知道。

「完了，他們回來了，快跑啊！」鬍碴男這時候看了一旁，接著對我大吼。

我順著看去，遠處果然有兩道人形的黑影正朝我們走來，手裡還提著袋子。鬍渣男這麼一叫，兩個人影暫停下腳步，接著手裡的袋子掉落在地，想必是發現了。

「跑啊！猶豫什麼！」鬍碴男最後一次這麼催促。

接下來我記不了太多，只知道自己往一旁的樹林鑽進去，死命狂奔。後頭似乎傳來了什麼聲響，但我沒有勇氣回頭看，全部注意力擺在前方，努力讓自己不要被絆倒，努力在黑夜中的深山裡，尋找一條得以活下去的路。

10

跑步這項運動向來不是我的強項，更別提在烏漆抹黑的深山裡狂奔。無論我多小心，仍舊跌跌撞撞好幾回，我知道自己無法永無止境的跑下去。髫渣男那兩名同伴的腳程遠比我快，已經聽得到他們離我很近了。情急中，我見到不遠處有座廢棄的工寮，二話不說便連滾帶爬躲了進去。

進入工寮後，我連忙將大門從內反鎖。幸運的是，這座工寮雖是木頭搭建、荒廢了一陣子，但感覺還挺堅固的。窗戶加裝了鐵條，只要堵住好大門，他們一時半刻也進不來。

不知道我這麼做是否正確，有可能將自己逼進死胡同。但這就好比溺水的人會抓住水面上隨便一根浮木一樣，看到了廢棄工寮，我第一個念頭便是躲進去。況且我也跑不動了，繼續在外頭玩你追我跑，終有一刻會被逮著。如今只能祈禱他們不要發現我。

「小姐，我們看到妳進去了。出來，我們不會傷害妳。」

該死！

他們口中「不會傷害人」聽起來可沒鬍碴男那麼誠懇，鬼都知道是騙人的。我胡亂的抓起工寮內剩餘的東西，拚命加固大門，檢查每個地方是否牢靠。

「臭婊子，快出來！」他們露出了本性。

接著便是一次又一次的猛烈撞門。每一下，都嚇得我不禁眼淚直流，但又不敢哭出聲來，深怕讓他們知道我被他們震懾了。只能抖著身子，用手摀著嘴巴，閉眼低啜，用肉身全力抵擋著大門。老天保佑，他們沒有成功。

他們停止了撞門。接著，外頭傳來鞋底摩擦草皮所產生的沙沙聲響，他們正從外頭環視整座工寮。突然，一張猙獰的臉孔出現在我對面的窗戶之外，與我四目相交。我忍不住尖叫出聲，引來的卻是嘲弄。

「會怕吼？會怕還敢跑！」

那惡徒伸出手抓住窗戶上的鐵條，開始死命的前後扯動，想要破壞它闖進來。同時，另一個人再次大力撞門。我不知道自己應該要先防守哪一邊，但我知道再這樣下去，不是門被撞開，就是窗戶被扯開，而我的下場都一樣悲慘。

我無能為力，只能絕望的哭喊著。

「放過她吧，何必這樣欺負一個女人！」這時候外頭傳來了鬍碴男的聲音。

「都是你。誰准你放走她的！」有人惡狠狠的對鬍碴男這麼說。

「那你們要幹什麼？我們原本只是偷偷東西，結果現在連殺人、綁架都幹了，這不是說好的吧！」鬍碴男不甘示弱。

「你少囉嗦！當時也說好偷那六家就好，是你自己多事，說什麼還想再多試一家。要不是你，我們也不會做那些事情。」其中一名惡徒說。

「他們都沒死，這樣不是很好嗎？難道你們真的希望有人死？我才不懂你們在執著什麼？」鬍碴男回吼。

「死人都復活了，你沒看到嗎？不搞清楚，你睡得著嗎？」另一名惡徒說。

「我老早就分不清楚我們是因為做了哪件事睡不著了，有差嗎？問了那女的又如何，你們會乖乖放人家走嗎，還不是又準備多幹一件？」

三名惡徒起了內鬨，在外頭爭執起來。吵了多久我不清楚，但一直都沒人來關切，代表這裡一定夠偏僻，想到這裡，便讓我開始感到絕望。

「之後再跟你算這筆帳。現在不管如何，不能讓那女人就這樣走。這裡沒人會來，我們就跟她耗。裡面什麼都沒有，我看她能躲多久，要是她死在裡面更省事。」

聽到其中一名惡徒這麼說，我的眼淚又流了出來。

沒錯，這裡什麼都沒有。剛才的逃跑已經累得我滿身大汗，如果不補充水分，很快便會脫水，緊接著很有能引發低血糖而休克。我也幾乎用盡了體力，也許可以再抵擋一、兩次他們的撞擊，但四、五次，甚至七、八次呢？我不是脫水死在這裡，便是大門被撞破，讓他們拖出去凌虐致死。

這不公平，隨意跳越時空的人又不是我，為什麼我要受到這種磨難？什麼偉大的宇宙思想，根本是非不公，我明明一直在努力幫助時空恢復秩序。還是，這就是我的懲罰？我對待父母的態度、對待周遭人的方式，讓時空智慧覺得我不夠厚道？它有必要管到這麼細嗎？

不管是誰，即使是我最討厭的父母，這時候如果能出現幫助我，該有多好。我不想一個人孤孤單單的面對這群惡霸，然後死在這座不知名的可怕深山裡。

誰來救救我……

這時候，一道聲音傳進了我腦子裡。

「睿昕，妳睡了嗎？我知道有點晚了，可是不知道為什麼睡不著，總覺得心神不寧的。」

＊

山林間的清晨，蟲鳴鳥叫的聲音特別清脆響亮，陽光尚未完全復甦這片土地，聞聲卻也能知道破曉時刻已至。感覺這會是一個天氣特別好的日子，每個人都該為此放鬆享受的晨間，我卻仍舊與外頭那三名惡徒對峙著。

他們的體力很好，除了鬍碴男外，其他兩名不停在外頭對我疲勞轟炸。一下好言相勸、一下惡言威脅，但我盡可能不去理會，也沒有體力回應。

早些時候，另一個時空梁睿昕聯繫了我，才讓我驚喜自己還擁有一個對外通訊的管道。但很快的我便失望了，因為根本沒有用。她無法替我報警，另一個世界的這裡只是單純的廢棄工寮，或許什麼都沒有。我只能將所有事情告訴她，至少在死前，還有人在精神上能與我作伴。

她相當著急，也不停安撫著我，不過不知道是不是體力衰弱的關係，我無力繼續思考語言傳遞，慢慢的也無法接收到她的訊息了。再一次孤單一個人，獨自在這裡做著無謂的抵抗。

「去你的，沒看過這麼難搞的女人！」

其中一名惡徒想必也累了，憤怒的踢了大門一腳。

我才不管他們，反正這扇門我是守定了。我寧願餓死、渴死，變成木乃伊風乾在這裡，也不願意落到他們手上，任他們決定我的死活。

梁睿昕這個角色，在這個時空並不是幸運的，這是我最後的結論。

眼前又開始迷濛了，我知道自己已經快要撐不下去，身體不斷冒著冷汗，這是低血糖的前兆。也許沒那麼快死掉，但昏睡過去是一定的。這段時間，外頭的惡徒是否會趁機撞進門來，我好像也沒辦法再繼續堅持了。

我努力過了，對吧？

即使父母不在乎我，依舊努力的念書，成為了一名科學家；即使沒有人陪伴我，依舊努力的生活，不給社會添麻煩。我從沒有放棄自己，這輩子從來沒有放棄過。所以，在這樣的情況下，現在我放棄，也不會怎麼樣了吧？

碰！

我最後一聲聽到的聲響，來自於自己倒地的撞擊。

11

我敢打賭自己肯定上了天堂。雖然這輩子不相信任何宗教，但我就是肯定。因為現在我覺得身體很溫暖，還輕飄飄的。儘管什麼都還看不到，不過感覺很舒服，想必此刻我的表情一定掛著微笑。

可是，天堂路途有一點顯得美中不足，怎麼那麼吵？

「梁睿昕……梁睿昕……」

不知道是誰的叫聲那麼難聽，卻又不肯罷口。我不認得這聲音，正努力辨別的時候，又聽到了更吵雜的腳步聲。

「梁睿昕……聽到嗎？梁小姐……梁小姐！」那道不願放棄的吵鬧聲像是被轉大的音量一樣，頻率也越來越準、越來越清晰，終於逼得我睜開了眼睛。

這一張眼不得了。剛才感受的所有舒適驟然消逝，緊接著是全身疼痛、僵硬，以及不受控制。我只能乾張著眼，身上毫無力氣。

「有反應了！人質目前嚴重脫水，身上多處擦傷，意識微弱，但已有初步反應。」一張帶著口罩的大臉闖入我的視線，接著對我說：「梁小姐，妳安全了。梁小姐，有聽到我的聲音嗎，妳安全了！」

我安全了？我獲救了？怎麼會？

「……歹徒……」我擠出這幾個字。

「妳說歹徒嗎？妳放心吧，三名壞人已經被制伏。妳安全了。」

我再度昏厥過去。等我醒來，人已經在醫院了。

雙手恢復了知覺，因為感覺得到有人正壓著，傳來了麻痺感。低頭一看，居然是我父母，正趴睡在我病床旁。

「睿昕？」母親被我的動作吵醒，見我張著眼，急忙推了推一旁的父親，接著便跑了出去通知醫生。

父親驚醒後，戴上了眼鏡，仔細端詳了我一會兒，沒有多說什麼。他仍緊握住我的手，最後給我一個淡淡的笑容。

「你們怎麼來了？」我虛弱的問。

「妳公司通知的。睿昕，妳還有哪裡不舒服嗎？」

「沒有。」

「沒事了，一切都過去了。警察說妳很聰明、很冷靜，也很堅強的守住那座工寮，妳真的很優秀。」父親拍了拍我的手背，憂慮的口氣不言而喻。這應該是這麼多年以來，他對我說話最溫柔、最體貼的一刻了。感覺得到他想多安慰我，只是一時不知道該用什麼詞語表達。

我以為自己的生命會終結在那山頭，現在見到了父母，突然間我決定什麼都不想再壓抑。

「我很害怕，我當時真的好怕。」我反過來緊緊抓住父親的手臂。

「睿昕……」父親直接坐上床，將我攬進懷裡，「對不起，讓妳受苦了。爸在這裡，不要怕，壞人已經離開了。」

「我以為我會死掉，以為自己再也不能看到任何人了。」我將臉埋在父親的胸膛，開始放肆大哭。

一下下就好，讓我暫時不當冷酷的梁睿昕，而是一名想要撒嬌的女兒就好。這是我一直都想要的，我想要父母的擁抱。不管他們是否真的關心我，至少這一刻，讓我自以為擁有。

＊

「我們以為妳不喜歡見到我們。」母親這麼說著。

「也沒有。只是見了也不知道說什麼。」我這麼回。

沒想到我們一家子會在病房裡進行大和解。但說起來，也只是對話多了一些，對彼此口氣柔和一點而已。我也不能肯定這代表往後的關係能恢復多少，不過有這樣的機會對談，倒也不需要閃避。

「說到相親，我們也不逼妳。我跟妳爸都認為要找到能配得上妳的人太少了。不過這一、兩天，我們倒是覺得有個人不錯呢。」母親偷偷笑著說，因為彼此才剛解開一點心結，她還在拿捏要怎麼與我閒聊這種家常。

「誰？」我問。

「那個叫余尚文的。這一次，多虧了他，要不然警察才找不到妳呢。」

「他怎麼……？」

「說是送給妳的錶有定位功能，也幸虧妳躲的地方收得到訊號。」

「他在哪裡？」

「他說他的頭很痛，我請他回去休息，明天再來看妳。」

我舉起手看了看余尚文送的手錶。自從收到後，我從沒有去設定什麼，僅僅當作一般手錶使用，沒想到竟然成了我的救命符。但定位也需要開啟，難道余尚文送我的時候就已經啟動功能了嗎？

突然間，覺得好像所有的事情都安排得很巧妙，少了一個環節便會改變一切。雖然我不喜歡自己被綁架的安排，但也因此意外得知那三名竊賊原本並沒有要進韓家偷竊的意思。他們受到了一些指引，臨時增加了目標，才得以製造出韓家人歸來的理由。

這使我開始感到害怕，因為我們不應該被左右人生的。

這宇宙的規則一直都很簡單，那就是順其自然。如果需要讓時空去調整而刻意安排事端，誰也不知道牽扯的範圍可以有多廣。動到一粒沙土，都可能捲起一場風暴，稍有不慎，或許將重演爭桑之戰。

穿梭機的銷毀，刻不容緩！

我的傷勢並不嚴重，醫生很快便應允我的要求、讓我出院。隨後我配合警方調查做了筆錄，回到家已經接近傍晚。在父母替我整頓家裡的同時，我按耐不住情緒，不理會他們的勸戒，執意跑來余尚文家一趟。我不想透過電話，只想當面確認。

余尚文宣稱自己是幫我買早餐才發現我家裡被人入侵，但自從認識他開始，我們之間可沒有這樣的默契。在警方面前，我配合他這番說詞，而現在我很想知道，他一大早反常跑到我家的真正理由。

12

余尚文像一隻死魚一樣躺在床上，臉色有些蒼白。見到我出現，先是對我咧嘴笑了一下，好像還是沒有力氣爬起來。我示意他躺著，看他還有點體力可以動嘴，便盤坐在地上，問他究竟發生了什麼事。

「大約接近破曉時刻，我只覺得有人一直在吵我，吵到不行後才爬起來。可是房裡沒有半個人，父母也在睡覺，整個社區都很安靜。我才知道原來那個人的聲音只有我聽得到，而他不停試圖引起我的注意。雖然他的語氣聽起來很沒把握，收到了我的聲音時，還嚇了他一跳，但他還是告訴我該怎麼正確的對話。」

「你們說了什麼？」

「沒說太多，他只告訴我：『梁睿昕出事了。』」

「所以是他？男生的他？」

「對。不知道為什麼，跟他對話讓我的頭比發高燒還痛。但我還是去了妳家一趟，才發現妳不見了，地板上還有一些腳印。接下來妳都知道發生什麼事情了。我很想在醫院陪到妳醒來，但頭痛已經忍了很久，才決定先回家休息。」

比發高燒還痛，真難以想像的形容，不過算了，至此我已大概了解全貌。看來我的求救訊息還是有用的，另一個時空的梁睿昕找到了方法，聯繫到我這邊的人。原來，救了我的人，正是我自己。

我不過跟她提及過一次余尚文的存在，她便記住了。而余尚文頭痛的毛病，想必跟我第一次發生心電感應的反應是相同的，他的狀況特別嚴重，應該是極度不適應造成的。

「謝謝你。」我握住他的手。

「妳沒事就好。幸好我送的手錶派上了用場。」

「話說，定位功能是你開啟的嗎？」

「嗯。一拿到的時候，我好像就順手開啟了，只是無聊把玩一下。一直到了妳家，發現妳不見了，才想起自己做了這件事。」

「看來我們都在不自覺中被加入了暗示。」我接著將三名竊賊原本的計畫轉述給余尚文聽。

「我還是不太懂。」

「半年的修補只是一個大動作，這之間仍會有許多小安排，讓一切看起來變得合理。」

竊賊們突然草率興起多試一家的念頭；余尚文那晚反常的只在房間開了一個小縫抽菸；網路上那麼多文章，韓宇杰偏偏看得出那篇是寫他家。還有許多事蹟，都證明了是被刻意修正後的安排。

「這些我們都知道了，不是嗎？」余尚文仍舊一臉徬徨。

「我的重點是，我經由這次與另一個時空的梁睿昕產生了聯繫，得知現在的韓家人都是屬於這時空的，半年後也不應該再有所謂的大修補。照理說，所有的時空秩序理應恢復得差不多了，可是這些小安排依舊持續進行著。你說，是不是還有什麼遺漏掉了？」

「為了讓那三名竊賊伏法？」

「何必那麼麻煩？如果隨隨便便就可以讓另一個時空的韓宇杰出車禍死掉，要讓這三名竊賊落網，多的是辦法，何必再動用到你我，還讓兩邊的人產生了時空最不想要有的交集？」

「所以妳想說的是……？不好意思，我真的不懂，我不擅長這個。」

「我相信訪客事件是自然的修補。但我懷疑這一次的經歷，是人為的操控。」

以往的時空修補作風，理性又殘忍，每每一個安排總要見死見傷的，但總有其道理。然而我這次被綁架卻僅僅是有驚無險，還有點沒必要。

「好像有人希望妳理解整件事情的全貌。」余尚文這時勉強爬起身來說著。

「對！這次反倒像是人為安排，目的是為了讓我知道詳情。可是，為什麼？」

「說到底，也是妳的推測。我倒認為，這依舊是自然的時空修補，只是大家都已經回到各自的位置，所以力道不像以往那麼強而已。或許希望妳能掌握全貌，是為了讓妳了解事情的嚴重性，進而去做更完善的預防。」

這麼說好像也沒錯，我無法反駁。但不知道為什麼，我的直覺卻告訴我，這場綁架案沒有想像中那麼簡單。我心裡深處仍舊堅信著，有個人能夠操縱這一切，即使沒有那麼厲害，也或多或少有辦法影響。

「這說法感覺有點可怕。」余尚文這麼說著。

也許我多慮了，但穿梭機的來源一直是個謎。我只能祈禱所有事情到此為止，不要再有任何安排了。因為被安排的人生一直都是非自然的。

我突然想到，如果與另一個梁睿昕的連結開始便是一個計畫，那她曾經隨口告訴我的事，也並非那麼隨意了。

「你有聽過 HEAVEN 這個駭客組織嗎？」我這麼問余尚文。

「沒有。不過送我手錶的那個客戶，他們的公司就叫做 HEAVEN，真巧。」

我看著他不說話。

「喔，現在我覺得有點可怕了。」余尚文如夢初醒般的說。

接著我請他找出那客戶的聯絡資料，余尚文才說出那間公司只使用電子郵件與他聯繫，完成了稿件後，便匯入了酬勞，並寄來了這支手錶說是禮物。

「你不覺得很奇怪嗎？只靠郵件聯繫你，卻從來沒見過人？」我問。

「不會啊，現在怪客戶很多，他們又不是第一個這麼神祕的。我只在意他們給不給錢，還有對稿件不要那麼龜毛，其餘要怎麼樣都隨便。不過他們對於我的設計，好像審得真的有點快，我一直以為他們是豪爽大方的客戶而已。」

這下好了，除非是調查機關或神通廣大的駭客，否則電子郵件在現代幾乎等同於無用的資料，根本無法追查，即使有能力查緝，也不一定能找到什麼。

這種總是被人搶先一步的感覺，我不喜歡。

13

拖著還病懨懨的余尚文，我們來到了韓家人的臨時住所。進屋後，我發現韓宇杰也在裡頭。他們一家人早已得知我被綁架的事，一口氣圍了上來，分別將我抱得緊緊的。我先是感謝韓文正替我聯繫了家人，接著便好奇的將韓宇杰拉到一旁，詢問他怎麼回家了。

「說來可笑。原本對於他們是不是我的家人，我心裡頭一直有著疙瘩，只想等半年後看事情發展。但聽說了妳與另一個時空的梁睿昕有了聯繫，還得知了我那批假冒的家人已經回到原時空後，我終於如釋重負。」韓宇杰這麼說著。

「這有什麼好可笑的？」我不解。

「只是覺得，我竟然要尋求各種外來的證據才能說服自己眼前的人是家人。那些應該與生俱來的親屬感呢，怎麼好像都不存在了。」

「因為人與人之間的信任感本來就要靠培養，沒有什麼與生俱來。」

「也許真的是這樣吧。不過我也不是真的搬回家了，可能還得繼續在妳那間公寓待一陣子。這幾天回來，除了我自己的心防卸下了一點，還有就是那三名歹徒的事情，我想不論如何這時應該要陪著家人。現在看來，好像再也不需要擔心竊賊的問題了。」

「這次他們綁架了我，罪名更重，會被關更久了。」

「真的很對不起妳。我聽我爸說了，也許是因為妳插手了我們家的麻煩，才導致這件事發生。」

「沒什麼，老實說我覺得不管有沒有參與你們家的事，我跟看起來置身事外的余尚文，兩個人早早就逃脫不了關係。這也是我來的原因，我想要跟你們大家討論一些事情。」

媒體將這件事報得天花亂墜，但我相信一個禮拜後大家就會忘了。如今只能靠自己去找出答案。我也將最近的懷疑告訴了韓文正，希望他能給我一些看法。

縱觀整件事情的發展，究竟有無人為操控的可能，還是一切僅是時空自然的修補，我需要更多人的意見。還有，HEAVEN 組織是否存在於我們的時空？因為我相信目前所有一切都是安排，包括跨時空對話。另一個梁睿昕會跟我提及該組織，也許又是一個偽裝的隨意。好比余尚文下意識打開手錶的定位、竊賊的臨時起意，都不是真正的隨性決定，而是被暗示後的抉擇。

「如果是人為，那該是多麼超能的人啊！」韓文正揉了揉太陽穴後，繼續說：「穿梭機確定是人造產物，這麼一來，說法可以更多。我們姑且只能推測，因為一些意外，讓另一個時空的我所獲得。他做了不好的決定，而穿梭機的擁有者為了不讓時空秩序大亂，巧妙的安排了這一連串的意外，好一步一步的讓各自回歸正常。」

「這要建立在時空並沒有什麼修補機制上，或者是他們搶在自然修補發生前，先做人為的彌補，好降低傷害。我們所發現的修補，可能都是穿梭機的擁有者或者團體所製造的。」我這麼補充。

「那幹嘛不直接把機器拿回去，然後把兩家人再對調就好。」余尚文不解。

「也許修補事件並非完全是人為，有些是自然的。發明者不願意過度干涉，以免引發更大的混亂，才採取暗示性的方式，人為干預修補。」

「聽起來真複雜，發明了機器卻又不能使用，不好玩。」余尚文聳聳肩。

「當然不好玩，平行時空本身就不是拿來交流用的。這可能正是為什麼穿梭機的擁有者不直接現身修正的理由。為了使傷害降到最低，他們寧可透過暗示的方式，指引相關的人做出決定，一步一步實現他們的劇本，好讓一切恢復正常，也算是有良心！」我這麼說。

「他們也真是辛苦。」余尚文說。

「若真是如此，我認為他們應該很欣賞睿昕。」韓文正這時候看著我說。

「我？」

「是的。」

「既然我們現在要把時空修補當作是人為計畫，那就可以用人的思維去想。原本他們的修正計畫已經進行得差不多了，卻在此刻讓妳跟另一個時空的梁睿昕產生連結，似乎刻意想要讓妳知道事情的全貌。假如是我真的得做這些事情，必須要跟一位局外人有所接觸，我的首要人選絕對是明白事理的科學家。因為明白事理的科學家除了擁有知識、能理解運作外，自願加入守護秩序的機率也很高。」韓文正端起了杯喝了一口後，繼續說：「他們選擇了妳，想要妳明白整件事情，同時幫助他們一起維護時空秩序。」

真是受寵若驚，當然這也只是推論。雖然與韓家事件一樣，好像仍舊沒有什麼證據，不過我似乎慢慢體會到了什麼。

我想，時空並非真的沒有修補機制，大自然的反撲永遠都是破壞力強大的。那些擁有者以人為干預的方式率先、或者適時做彌補，即使造成的混亂也不少，至少沒有讓世界陷入了大亂，這就是他們想要的。

那我們，有可能見得到那些人嗎？

「睿昕，所以那個駭客組織，又是怎麼回事？」余尚文突然想到。

接著，我便把 HEAVEN 這個駭客組織的事情說了出來，而韓文正則睜大了雙眼，雙手開始搓揉著下巴。

「聽妳這麼說，當我還在另一個時空時，確實有收過一些奇怪的訊息。但我不知道他們是誰，回信問了之後，便再也沒回音。」

搞不好那一群駭客正是穿梭機的發明者。他們透過另一個梁睿昕的偶然提及，對我做了一番自我介紹也不一定。那麼，我們這裡的時空，也有他們的存在嗎？

不管如何，我想那些操控者，還希望我做最後一件事。

✷

我與梁睿昕又聯繫上了，得知我平安無事，聽得出她鬆了一口氣。她說大難不死，必有後福，我則明白的告訴她，或許我們也無福再繼續保持聯繫了。說再見的時刻沒有辦法任性的選擇良辰吉時，只能是現在，必須是現在。

「事情也差不多告一段落了，我想我們不再有什麼資訊需要交換，現在正是切斷連結的好時機。就如同妳說的，我也不想因為我們的交流，又變成什麼事情的導火線。不管是自然的修補、還是人為的操控，我們是可以選擇停止這一切的。」

其實，要交換的資訊永遠不嫌少。但這樣不行，我們本不應該交流，資訊自由並不適用於兩個時空。即使這是那所謂的穿梭機擁有者刻意安排的連結，我想也是有期限的，我們都深深感覺時間已經到了。

「那我想，就這樣囉。妳一定要毀了那台穿梭機。」說出這句話的同時，我心裡升起了不捨。

「我會的。不過，最後告訴妳一件事，今天，那個叫余尚文的，跑來找我了。」她的語氣聽起來也很難過，但還是打起精神對我這麼說。

說是要她解釋清楚那晚莫名其妙跑去，要他跟另一個時空的人傳話是怎樣。不管如何，他們總算是認識了，我想她也不會再孤單。她也找到了屍體的解決方式，但本來就是那時空的事情，我不需再過問。

「妳要加油，好好生活。」

「妳也是。」

「再見。」

「再見。」

我不會知道她究竟會不會摧毀穿梭機，畢竟，她只要一直不跟我講話就好，我只能相信她會這麼做。當訊息不再有辦法傳遞後，我便微微笑了一下，正式退出對話狀態。

結束了，終於，一切都告一段落了。

上一次，已經為了預計要切斷連結而流過眼淚。這一次，我的情緒反應沒有那麼激烈，有的是一股淡淡的惆悵。

多麼神奇的經歷。這段時間多虧了她陪伴，也感謝她在緊急時刻救了我一命。我從來就沒有知心的女性友人，她應該可以算得上一個吧。

對比她的生活，我發現自己擁有的還很多，不是像過去一樣認為自己失去的更多。我應該要把握這些我想要留住的人、事、物，不再讓自己後悔，把所有東西都推到門外，自己埋怨著孤單。

我站起身，走到桌前，將余尚文送我的手錶戴上，並仔細端詳了一番。突然，手錶震動了一下，接著上頭顯示了一排訊息。

「謝謝妳的配合。」寄件人，查無此號。

我愣了一下，恍然大悟後，忍不住笑了出來。

「不必謝我，不要再弄丟東西就好。」我對著空氣這麼回覆。

Question 3

記憶

完整一個人，需要生命，還是回憶？

1

人們都說，這是一個需要創意的時代，我的工作也是如此。但若生活在太有創意的世界裡，又會懷念起古板卻很平凡的日子。多矛盾啊，活得太單調便希望生活精彩一點，太過精彩又追求平穩的生活，人究竟什麼時候才會滿足，可以停下來對自己說：「這樣就夠了，我不需要了。」

我又要什麼時候，才可以對自己說這句話呢？

說起來，我們家沒有韓家人的超凡，也沒有梁家人的矛盾，稱不上模範，只是四處可見的普通家庭，我應該是最能理解什麼叫做「平凡」的人。但我內心深處知道，從很久以前開始，我的日子就再也不同了。

果然人還是貪心的，當過去有了一個你不喜歡的點，便很難覺得自己的生活是完美的。雖然我不認為那是汙點，姑且稱之為遺憾吧。

有人說，有遺憾的人生才精彩，我覺得那是狗屁，說這句話的人肯定沒經歷過真正的遺憾。懂事的人應該清楚，發生過悲劇的人，就只是一個發生過悲劇的人，並不是什麼英雄。對於那些認為有著悲慘過去很帥氣的人，我只覺得作嘔。如果他們那麼喜歡壞事發生，何不讓他們承擔就好？我願意將自己所有的壞事都讓他們去享受，我真的很樂意。

「我是不是讓你不開心了？」梁睿昕難得在我面前顯露緊張，瞧她已抿著嘴、兩手緊握在胸前，大拇指還在繞著圈圈。

「沒有。我只是想問，妳為什麼會知道？」

「有一部分是問你爸媽，有一部分是意外得知的。」

「那是很久以前的事了，妳要清楚，在這件事上我一點幽默感都沒有。」

「你果然還是不高興了。雖然你媽有提醒我，對你提到這件事，你會變一個人，沒想到真的變那麼大。我只是想到你為了我跟韓宇杰做了那麼多事情，如果有什麼我可以幫上你的，我會很樂意。你不要對我那麼凶，這樣我很不習慣。」

「我沒有不高興，至少不是對妳。只是妳突然跟我提起，我以為妳是不是知道什麼，我想要問清楚。」

這件事關乎李景玉，一位失蹤超過五年的女子，也是我曾經論及婚嫁的人。沒有人找得到她，這五年來，我也早已放棄希望。因此，梁睿昕突然向我提起她，我怎麼可能會沒有反應。

她在某一天下班後，莫名失去了音訊。當我得知消息的時候，她已經失蹤了三個小時，因為我傳給她的訊息一直沒有回應，問了她家人才知道她還沒回家。我們很快的報了警，在所有監視器都沒有拍到她失蹤的過程後，狀態便一路維持到今日。

新聞曾經報導過、報紙也曾刊登過，五年來，偶爾有人會通報我們，但每當我們趕過去，也只是去指認另外一名我們不認識的遺體而已。全部都不是她。她就好比人間蒸發似的，永遠消失在世界上。

最後一台發現她身影的監視器，是她下班後走出辦公大樓的大廳。就這樣，之後每一個路口，便不再有她。那裡明明就是一堆辦公大樓的鬧區，有著成千上萬台監視器，卻沒有一台拍到她。

「所以，她在距離公司門口不遠處消失了。」

「對，連警察都摸不著頭緒。五年了，進度便一直停在這裡。我想，就算是妳也幫不了忙。雖然妳是我認識過最聰明的人，但妳不是警察，沒有調查權，妳要怎麼幫我查？」

「余尚文，我絕對不是開玩笑的。我也知道表達什麼關心、慰問都沒有用處。要不是因為有了什麼希望，我絕對不會拿來煩你。」

「希望？」

梁睿昕這陣子跟我相處久了，沾到我一些壞習慣，說話偶爾變得不太正經。但我清楚她的本性一直都很嚴謹，是一個明辨是非的人。現在她這麼有自信的對我提起這件事情，不論她是從何得知，或許都值得我一聽。

「你說當時是一名客戶將這支手錶寄給你的，對吧？」梁睿昕舉起右手腕，對我展示了那支智慧型手錶。

「是啊。」

「你也知道，與另一個時空的梁睿昕切斷通訊後，我疑似收到了他們的訊息，所以我懷疑這時空也有 HEAVEN 這組織的事情吧？」

原本梁睿昕以為與那個叫做 HEAVEN 的駭客組織，大概這輩子只會有那一次接觸，沒想到前幾天他們又寄給梁睿昕一些資料。

「他們這次給我的留言是：『願這些能幫助妳的小夥伴。』裡頭除了有當年的新聞剪報，還有報案紀錄，以及那個最後身影的攝影機畫面。最重要的是，附上了一張今年拍到的照片！」

梁睿昕將列印出來的資料遞給了我。那是一張日期標注著今年年初，畫質相當清晰的照片。照片中，有一場慶生派對，而中間那名戴著派對高錐帽，滿臉喜悅吹著蛋糕上蠟燭的女子，正是李景玉。

「遺憾的是，她不叫李景玉，而是叫方潔伶，現任中圓科技董座的親生女兒。這是她今年在日本度過二十七歲生日的照片。」梁睿昕補充。

太像了，怎麼看都是李景玉。雖然更加成熟了一點，妝容也更精緻，髮型、衣著都有了變化，但那張臉是無法騙人的。更讓我訝異的是，梁睿昕最後說的話——方潔伶在五年前曾經生了一場大病，之後長達一年未曾見客。

2

原來我是梁睿昕的小夥伴。HEAVEN在另一個時空是懲奸除惡的駭客團體，如今證明了我們的時空也存在同樣的組織，而且兩者目標定位相同，那麼他們給予的資料想必不是隨便胡鬧的。

資料中也附上了方潔伶過去的照片，但當時她生了病，看起來瘦弱不堪，著實難以比對。只能說，方潔伶本身與李景玉確實神似，但不知道是我心理作祟還是怎樣，我怎麼看都覺得以前的方潔伶長得有點不同。

梁睿昕還給了我一個重要的訊息，那就是方潔伶本周末會受邀出席一間時裝店的開幕，會後則有一場派對，地點離我們不遠。

「也許只是長得像而已，我們要怎麼開口問？」我想都沒想便回絕了梁睿昕的提議，她竟然想要混進開幕會場。

「我覺得HEAVEN不會隨便開玩笑，一定是他們覺得有什麼不對勁，才會把資料給我們。」

「但妳也說了，他們在我們的時空裡應該只是個剛成軍不久的團體，也許他們的搜查能力還不到家。長得像又如何，貿然問她為什麼那麼像李景玉，妳期待她能給什麼答案？」

「即使是剛成軍，看來他們也有辦法配合另一個時空的 HEAVEN 進行時空修補，我相信他們多少已有點能力。不過我們確實得想好要怎麼做，貿然行事沒好處。」

「修補時空的都還不知道是誰，也不知道是否真的有人為操控，妳自己不也什麼都無法確定。全部都是理論，只是說服力夠強，所以我無法反駁，但我們心裡都清楚，其實我們什麼都不瞭解。我真的受夠理論了，我只想要確定的東西。」一見我急躁了起來，梁睿昕沒有多說什麼，只是沉默不語。

李景玉失蹤不是理論，是真實存在的客觀事實。找不到她的人，沒有一絲線索，也是事實。現在出現一個跟她長得很像的女人，五年前還生了一場重病，也不能代表什麼。難道要我接受，李景玉是被人偷走了身體這種事嗎？

我這陣子接受的怪事已經夠多了，雖然我沒有那麼脆弱不堪，但如果牽扯到李景玉，沒有真憑實據，我怎麼樣都無法心平氣和。

「睿昕，我知道妳是好意。但是這件事跟韓宇杰他們的不同，這次如果我們沒有任何證據，什麼都不能做。這不是僅有推論後便能行動的事，要是無法掌握到什麼，一切都是空談。」我對梁睿昕這麼說，即使我認為她早已明白這點。她是科學家，應該比我還更追求證據。

「我當然清楚。這事牽扯到的是真實的犯罪，一定要有一分證據、說一分話。你以為我什麼計畫都沒有嗎？我只是想確定你有沒有辦法再一次面對這件事情。」梁睿昕將手放在我肩膀上，語氣突然變得柔和，「如果你願意讓我幫你，我必須讓你清楚這會很煎熬。我要知道你會沒事，否則我會立刻放棄，再也絕口不提。」

怎麼可能沒事！

李景玉失蹤後，我有整整兩年的時間都在找她。我辭掉了工作，在家裡自己接案，為的就是有更多自由的時間，好讓我隨時能出門。但面對一次又一次的失望，我不知道自己還能承受多久。沒有人喜歡不停白費工夫。李景玉的父母最後要我放棄，重新找個女孩，忘了他們的女兒，也是看不下去我當時有多憔悴。

我也不願看到我父母再為我擔心、流淚，那兩年他們的白髮都被我逼了出來。我已經當不了好男友，更不能再當一名不孝子。所以我放棄了，不再苦苦追尋，只求安分平穩的過日子。

我也希望自己有強大的體力跟意志力，但我沒有。放棄尋找她的那一刻，我不覺得解脫，只隱約聽到她在黑暗中對我大喊著：「為什麼不找我了？」

那聲音，花了好幾年才削弱。如果重新開始，最後又得放棄，那我還得再次承受那股罪惡感，而這一次，它會不會永遠存在？

「你忘不了她，不是嗎？你媽說，每年李景玉生日那天，你都會特地買蛋糕回家替她慶生。我真的希望她沒事，所以，尚文，要不要再試一次看看？」

「可是我曾經拋棄了她，現在又有什麼資格找她……」我的語氣不禁哽咽了起來，話才說一半，便被梁睿昕拉進懷裡。

「當時你才剛出社會，大家都希望你能好好過生活。你並沒有拋下她，這本來就不是你的錯。你已經努力過了，盡了最大的努力，不是嗎？」

「如果這次又徒勞無功呢？」我問。

「這次，有我呢。」梁睿昕低頭看著我，嘴角微微揚起了笑容。

不知道是不是我的錯覺，我竟被梁睿昕的這抹帥氣微笑弄得有點暈眩。有了梁睿昕的幫忙，好像事情會有希望。雖然很多線索都尚未證實，但韓家人那種撲朔迷離的事件都可以被她搞出一點頭緒來。李景玉的失蹤，再怎麼樣也不會比時空穿梭還複雜吧？

搞不好，這一次我真的有機會找到她。

3

監視器是很好的工具，可以記錄人們無法長期駐點觀察的過去，但前提是要有資格調閱。大部分的監視器都是私人財產，攝錄到的影像也無法隨意要求觀看，需要透過警方協助才行。

當時李景玉是在出了公司門口便失蹤，承辦員警一路追查附近的影像，卻什麼都沒有看到，彷彿她憑空消失了一般。不過說起來，我們不算沒有遇過憑空消失的經驗。韓家人的三具屍體不也是如此嗎？

但那是時空穿梭事件，就我們所知，活人無法在清醒的狀態下穿梭時空。現實生活中，目前並沒有可以在短短幾秒內便讓人睡著的物品，即使是最有效的迷藥，也得耗費五分鐘以上的時間。

李景玉在出了公司大門，到下一個監視器中間，僅有短短一分鐘的腳程，雖然看起來什麼都不能做，但梁睿昕認為時間足夠了。一分鐘的腳程範圍，認真說起來也可以很大，特別是在高樓林立的商業區，其涵蓋空間能夠更廣。

「警察也認為是綁架。歹徒熟悉附近的監視器位置，選擇了一個死角處，挾持了李景玉。但附近的店家、住宅都拜訪過了，也許不是每個人都那麼老實交代，但也無法一一詳細盤查。我們不是警察，不能進去，更別說已過了五年，還能找到什麼。」

時間，是消滅證據最好的方式。多年過去了，監視器畫面還有多少商家保留著？

「別琢磨了，我沒有要去查那些路口，只是想更了解案發當時的情況。HEAVEN只寄給我資料，沒有詳細說明經過。我問了你爸媽，他們說那時候主要都是你在配合警方訊問，並不清楚細節。而一般商家最多只會將監視器畫面保留一個月，所以李景玉公司附近的證據應該都被刪光了，找那裡已沒有意義。」

「那妳想從哪邊開始？妳說有計畫，是什麼？」

「當然還是這個女人啊！」梁睿昕拿起方潔伶的照片，「一個人只要停止了在社會上的活動，例如死亡或失蹤，便只會剩下歷史紀錄，無法創造新的蹤跡。但活人不同，活人每一分、每一秒都有新的活動可供追蹤。想要了解一件事的真相，首先盡可能的蒐集越多資料越好。如此一來我們便可以交叉比對，找出交集中的不合理或過分合理之處，那些地方正是破綻。」

李景玉社交單純，生活規律，所擁有的紀錄並不多。但方潔伶不同，身為富家千金，天天都有節目，身旁來來去去的人那麼多，一定有人知情。

「但也要先有把握方潔伶跟李景玉之間真的有關係，長得像不能代表什麼。」

「當然要先確定兩人之間有關係。我們目前沒有證據，但你知道如果不鎖定一個目標，就會變成大海撈針。所以我們現在要先假設兩人之間有關係，接著找出證明。」

「這是妳所謂的大膽假設嗎？」

「大膽假設並不是隨便假設，這是迷思，正確作法是要先有一些證據，足以讓你合理懷疑。首先，她們長得一模一樣，你自己也覺得兩人根本出自同一個模子。再來是五年前，一個失蹤、一個住院，時間點吻合得太完美。我剛才說過了，過分合理之處也是破綻。巧合的定義是很偶然的發生相似，一次就算了，兩次就不叫巧合，可以懷疑是計畫。」

看來梁睿昕從一開始就不打算放過方潔伶，拐這麼一個大彎，也就是想要說服我相信。但她說的不是沒有道理，所謂的原理、定律，她也比我了解得更透徹，只能先跟著她走了。

不過，她在一件事情上花這麼多時間反覆跟我說明，難道是怕我跟不上嗎？

想必這輩子她所接觸的都是聰明人，如今遇到我這樣一名庸才，不知道會不會讓她很難做事。

「睿昕，謝謝妳。」在我們出門前，我拉住了她的衣角。

「謝什麼？」

「老實說，我對這件事很悲觀。但不管如何，我都謝謝妳的幫助。」

「這不光是為了你。我只要想到李景玉一個人無依無靠的，在黑暗的角落裡哆嗦著就讓我心痛。我受難過，很清楚那有多可怕。所以當我知道你千方百計的找出我的位置時，我真的很感動。沒有人想要被忘記，至少還活著的時候，不要被忘記。我希望李景玉能被找到，也能知道有人從沒放棄尋找過她。」

可惜那都是事後的感受，如果可以，我好想要景玉此刻就能體會到有兩個人要去找她了。也許這能夠帶給她一點希望。

我們都需要希望，不是嗎？

4

我們現在在一間大醫院附近的小路旁，梁睿昕特地選了一個隱密的角落，將車子停在這裡，接下來便是等待。途中她只提醒我，待會什麼話都別說，讓她處理就好。

不久，後車門被打開，有個人直接上了車。我從照後鏡偷瞄到那是一名年輕人，但臉上戴著口罩，認不出容貌。他將一封牛皮紙袋交給梁睿昕後便迅速下車，全程不發一語。

「那是當時照顧方潔伶的醫師之一。方潔伶五年前宣稱治療癌症，住進了這間醫院，但實際上化療的那段日子裡，她人根本不在這裡，而是偷偷被轉到了洞巖醫院。」梁睿昕一邊拿出紙袋內的資料，一邊說著。

「洞巖醫院？」

「那是暱稱，實際上根本沒有這間醫院，據說是蓋在郊區的地下室裡，所以有這樣的稱號。這是台灣幾座地下醫院之一，專門提供設備及場所給祕密手術用的。本來我以為是傳說，但打聽了之後才知道，那不僅真實存在，方潔伶也疑似被轉進過那裡。」

「妳怎麼認識那位醫生的？」

「我確實認識一些人，不多就是了，這是我們公司的祕密。余尚文，你只要知道，這個世界不是只有表面上的運作就好。總之，當我知道方潔伶根本沒有在這間大醫院化療時，那醫生才私下告訴我，她是被轉到一個不能說的地方。」

我知道梁睿昕認識一些神祕人物，但她也說過她盡量不接觸他們。雖然可以從中獲取一些資訊，但對沒有要幹什麼的她毫無幫助，且攪和得越深，日子會越來越複雜，總有一天無法脫身。

「有了一個過分合理，現在又多了一個不合理，看來我懷疑方潔伶有問題的方向是對的。她會去地下醫院做手術，醫療內容肯定見不得光，百分之百是違法。」梁睿昕轉頭對我說：「要不要去那間醫院附近晃晃看？」

「安全嗎？」

「只是經過的話很安全。走吧。」

那是一條看似普通的產業道路，兩旁有著千篇一律的典型偏僻景色，一般人根本不會去注意，或許這就是選擇設址在此的原因。我們到了一個地點後停到路旁，經由她的指點，我才隱約看到不遠處有個突起的小建築物。

據傳那裡正是洞巖醫院的地上出入口，如果靠近看，只是一棟毫不其眼的鐵皮屋。沒人知道入口在哪裡、該怎麼下去，唯一能推測的是我們腳底下，有那麼一座神祕的醫院存在。

「五年前，方潔伶疑似被轉入這裡。」梁睿昕盯著地上，「如果跟我說這裡會發生什麼怪事，我一點都不懷疑。」

「那接下來呢？」

「走吧，我們要去見一名顏姓老司機的遺孀。」

「遺孀？」

「顏武雄，在中圓集團服務超過三十年，直到去年才退休。退休後隔天，出了一場車禍，自撞山壁死亡。」

「職業司機自撞山壁？」

「沒錯，不合理吧？職業司機的肇事率只占百分之八。也就是每一百件小客車的事故，只有八件是職業司機造成的。數據隨各地政府統計會略有不同，但基本上職業司機不太容易出車禍，因為他們比一般人更注意車子的保養以及遵守上路規則，駕駛經驗豐富也是原因之一。顏武雄做了三十幾年的司機，竟然會忘記保養車子，然後在退休隔天出車禍，很快就被我列入不合理之處。」梁睿昕轉過頭接著說：「還有，他生前一直是方潔伶的專屬司機，這才是重點。」

不合理、過分合理、多次巧合，都是一件事情的破綻。梁睿昕對這件事下的工夫令我敬佩。而這也代表了，中圓集團似乎不好惹啊。

急欲處理掉一名退休的司機，只會讓人懷疑他們想要隱瞞什麼。

5

原本我以為顏太太會是孤家寡人的可憐狀態，讓我在路途中一直忐忑不安，擔心見到她會讓我很心酸。但意外的是，顏太太雖然已經六十幾歲，看起來依舊相當健朗，雖然不是身住豪宅，居家環境倒也不差。

顏太太熱情的招待我跟梁睿昕，端上了許多水果、餅乾及茶水。以往這些東西，我是來者不拒的，這次卻沒什麼心情吃。梁睿昕見我這樣，好像反而擔心了起來，一直替我拿餅乾逼我吃。也許在她心裡，大吃大喝是我沒事的表現。為了讓她安心，我勉強的胡亂塞著、吃著，還差點讓自己噎到。

「我那老頭這輩子節儉，賺的錢都存起來，所以雖然他提早走了，倒也沒讓我辛苦。早早買好了房子，靠著退休金還有年金，夠我過下半生了。」顏太太溫和的提起她的丈夫。

「妳的兒女呢？」梁睿昕問。

「都很好，定期會回來看我。老實說，我過得很快樂，每天跟鄰居散散步，一起參加社區活動，日子也挺充實的。只是有點遺憾，那老頭怎麼那麼不小心，本來還打算退休後一起環島旅遊呢。」顏太太微微笑著，「不過你們中圓集團也真有心，還會來關心退休員工的家人。」

「這是我們應該做的。」梁睿昕露出專業的笑容回應。

該死的梁睿昕，扯這種彌天大謊竟然臉不紅、氣不喘。但據她說，中圓集團根本不會關心退休員工，顏太太也跟中圓毫無交集，所以絕對不會被發現。本來就很少有公司會關心退休人員家屬，幸好顏太太是老實人，沒有發覺不對勁，只是這樣騙她，終究讓我良心不安。

「其實這次來還有一個目的。我們中圓集團的司機，每天都要記錄當天的里程數，以及出發點跟目的地。過去都是由司機自行手寫，妳也知道這幾年什麼都電腦化了，資料都要進電腦建檔。我們知道顏先生過去都會保留一份副本，想拿回去比對看看有沒有錯誤。」梁睿昕再度發揮她的演員天分，對顏太太這麼說著。

「電話裡有提到，我知道。我不清楚哪些是你們要的，但老頭的東西我都還留著，整理好放在倉庫裡。如果不麻煩的話，你們要不要自己進去找會比較快？我老了，搬不動那些東西。」顏太太羞澀的說。

都已經騙了人，怎麼可能還麻煩老太太搬重物，當下我們立刻表明沒問題。接著便隨著她的指引，進入了那些存放顏武雄生前遺物的倉庫裡。

「茶水我放在這裡。你們慢慢找，今天找不完，看是要拿走你們需要的，還是要住在這裡幾晚都可以。先不打擾你們了，我去隔壁找鄰居串串門子。」顏太太好客的舉動，讓我更加羞愧，急忙要她趕緊找鄰居去聊天，別再招呼我們了。

之後，我關上倉庫的門，雙手叉腰看向梁睿昕。她則一臉無辜的回看，露出一副什麼都不知道的天真表情。

「我知道你想說什麼。但她很開心啊，而且這樣也能讓我們順利來找資料，增加救出李景玉的機會，何樂而不為？」梁睿昕邊說邊隨手打開箱子。

「妳是怎麼知道有行車紀錄的？」我無法反駁她，只好問一些該問的。

「我不知道。我只是想找日記，或者一些其他的東西。他們那年代的人，大多都有手寫日記的習慣，我想賭賭看。畢竟根據我打聽到的消息，顏武雄是一個很嚴謹的人，嚴謹的人大多都有隨手紀錄日常生活的嗜好。」

「妳怎麼有辦法一下子打聽到這麼多消息？」

「其實 HEAVEN 寄給我資料已經是兩個禮拜以前的事了，那時候我就開始到處打聽。本來想靠自己的力量找出李景玉，看看能不能讓你開心點的。但沒有你的幫忙，我好像真的不行。」

「我看妳一個人差不多都搞定了。」

「我根本不擅長這些事情！要不是有你陪我，你以為我敢一個人做這些？什麼車上祕密互換資料、實地探查傳說地點，還有撒這些謊。我是認識一些人，有一些管道可以得到訊息，不代表我喜歡用或我敢使用。」梁睿昕接著拿起幾本像是筆記本的書，翻著翻著便開始嘀咕，「我可沒有你想像中那麼厲害。」

「所以妳早有自信，我會答應重新調查？」

「沒有，但我會想辦法讓你答應。有個人等著我們去救，我才不允許你這麼懦弱。況且，我是真的認為能找到些什麼的。」

「謝謝。」我跟著盤腿而坐，輕聲這麼說著。

「好了，道謝的話等找到人再說。你先跟我說說李景玉是怎樣的人吧，反正看起來我們會找一段時間了。」

景玉啊？說起來她是一名很普通的女孩，至少跟梁睿昕相比，她顯得沒那麼亮眼出色。但她是那種會讓人想要疼愛，也讓人想要穩定下來的女孩。

6

我跟景玉相識於大學的校園裡，身為同班同學，很早就有互動，但是直到了大三才正式交往。她的成績很好，是每堂課都會乖乖出席的好學生。我則是奉行廢課必翹、理論課必睡的人，好幾次都是她替我掩護才讓我過關。

我們是一對很普通的情侶，每天上課、下課、吃飯、做作業，偶爾會吵吵架，和好後便會帶著單眼到各景點遊樂拍照。畢業前，雙方見過了父母後，雖然嘴上不說，但心中早已認定她會是我在紅毯上等待的人。

出了社會，我們在不同的事務所上班，約定好先賺幾年錢，再來討論終身大事。我一直認為，我們會順其自然的成為一對普通夫妻，然後有一天重心開始往孩子身上擺，煩惱著柴米油鹽直到孩子成家，最後一路到退休生活。

「聽起來很棒。平凡又單純的幸福。」梁睿昕這麼說。

「我跟她的生活很平淡，沒有什麼轟轟烈烈的大事。但我們拍了很多照片，因為我們想要累積滿滿的回憶，等將來老了可以翻閱。」我說著說著不禁笑了起來，「聽起來很噁心吧，但情侶都這樣。」

「不會啊。記憶，是一個人存在的自我證明，累積回憶是很重要的。你有多少回憶，就代表你這個人有多完整。很多人都以為，要活得轟轟烈烈，才算是累積了有價值的回憶，其實這樣平凡的生活也很精彩。」

只要覺得有價值，精彩或平凡，都可以是值得回味的記憶。

「所以，妳跟韓宇杰沒戲了嗎？」

「我們老早就沒戲了。他很有主見，堅持起來時跟我不相上下，這也是我們無法繼續走下去的原因。他家人那件事情讓他慌亂了，所以才會比較好溝通，實際上他不是這樣的人。當然他是個好人，只是他需要一個小女人，我則需要一個小男人。」

我百分之百相信，梁睿昕絕對不會是進廚房燒菜、洗衣拖地的黃臉婆。也許很多女孩會夢想成為家庭主婦，但她的夢想應該是當女王。

「所以女生，還是要學會自保比較好吧。」我看了一下梁睿昕後這麼說：「妳很強悍又機靈，所以妳即使遇到危險，還是有辦法化險為夷。景玉太溫和柔弱了，或許這是她無消無息的原因之一。」

「我贊同女性要學會自保，同時放聰明點。但如果遇到真正的危險，即便是訓練有素的男性也躲不過。所以溫和善良沒有錯，錯的是那些犯罪者，隨意一個傷害人的舉動，便可以粉碎一個家庭。」

這世界本來就不完美。一切都是為了利益，所以人命有時候可以踐踏，只為了成就某些人的口袋和私欲。世界和平，應該永遠都是夢想吧。

「這世界的犯罪，是不是比我們以為的還多？」我這麼問。

「嗯。很多很多，浮上檯面的都是冰山一角。這也是為什麼會有 HEAVEN 那樣的組織出現。善良的人絕不是好欺負的。」梁睿昕說。

聽起來她好像已經變成 HEAVEN 的信徒了。說起來我也要感謝他們，若不是他們發現了方潔伶，我也不可能重新投入尋找景玉的行動。

這時，梁睿昕發出了一聲怪聲。我湊過去看，原來是她幸運的找到了顏武雄的日記本。

她非常得意自己的推論正確：嚴謹的人都會做紀錄。同時讓我們更興奮的是，日記不止一本，而是滿滿的一箱。我們二話不說，直接從景玉失蹤的時間點開始找起。

顏武雄的字跡相當工整，閱讀起來很舒服，但內容多為流水帳。一直到景玉失蹤後兩個月，都還是一些無關緊要的生活小事，頂多提到了方潔伶住院的事。

不過，我們也注意到，他也會提及方潔伶的父親，方慶忠。

「不知那些內容是否為真，但如果是，我不知道該用什麼心情面對。我什麼都不能說、也不會說，但他們知道我聽到了，我一定會聽到，只能假裝自己什麼都沒聽到。」

看到這一段，讓我們不禁懷疑，這是否與景玉的失蹤有關係。但如果是，想必顏武雄也不會知道。因為他後來果然提到了方潔伶祕密轉院的事情，只是那天卻不是他去接送，而是臨時換了人。

換了誰他也不清楚，只知道是一名比他年輕很多的司機，可是後來再也沒見過那名年輕司機了。

「我老了，只求能安穩的退休。雖然對不起那名年輕人，我也無法幫他什麼。從此之後，我不再提起此事。」

看來顏武雄好像察覺到不對勁，因為害怕而選擇緘默。之後的日記便又恢復了流水帳，開始記錄一些生活小事，直到退休那天，都沒有什麼特別的內容。

「果然，五年前發生了什麼事。方圓集團的董座方慶忠進行了一件可怕的事情，讓老司機嚇著了。雖然他一開始可能不忍傷害服務自家那麼久的司機，所以轉院時沒讓他去接送，但老司機退休後，終究還是被他們除掉了。」梁睿昕說著。我的天啊，這是在進行什麼世紀陰謀嗎？我們剛剛讀到的，難道是殺人滅口的紀錄嗎？

「雖然無法當成證據，但多少有了點頭緒。」梁睿昕說。

方潔伶確實轉院過，而方慶忠則進行過一件可怕的事，時間點正好與景玉失蹤吻合。接著，我們要弄清楚，那是什麼可怕的計畫，以及為何會牽扯到景玉。

7

方潔伶康復後，頂著一張李景玉的臉，其實我們多少心裡有個底。但是我還是無法相信之前的推測，現代科學真的做得到嗎？

之前梁睿昕好幾次試圖想要跟我討論，但我都避掉了，也不敢問她。我知道她一定研究過了，我只怕自己承受不了將會聽到的內容。可是事到如今，也只能硬著頭皮主動問。

「穿梭機那東西都被發明出來了，要我相信這世界上有沒有哪個角落在做什麼瘋狂的研究，並且還有些成果，我信啊。」梁睿昕是這麼開頭的。

根據她的說法，有些科學家相信在不久的將來，人類會進入另一個層級的時代。那時代說穿了，最美好的想像便是所有人的意識都能結合在一塊，共同上傳到雲端裡。詩意一點的說法是，我們即將進入永生的年代。

實際上，這項發明在學界也僅是假說，研究的人卻不少。畢竟除了冷凍保存之外，人類從沒放棄過研發延長壽命的科技。意識上傳到雲端，只是最新的說法，未來有沒有人會發明出來，很難下定論。

「這牽扯到複雜的腦科學，但腦科學還是一項很年輕的領域，我們對於腦袋這東西所知的還很少。穿梭機可能還比意識上傳來得簡單。」梁睿昕解釋。

需要先有這項技術，才能完成取代他人的科技。理論上要取代一個人，便是抽出原本的記憶，接著置入新的。如果真的是這樣，他們會那麼好心，保存住景玉的記憶嗎？

「記憶，成就一個人。新的軀殼被置入了他人的記憶，那便是藉由另一個肉體重生。如果真的有這項技術，對於已經沒救的病人而言，這是最快的康復方式。」梁睿昕說。

「但這也是殺人了吧。」我淡淡的說。

「是，百分之百是殺人。不過檯面上都沒有案例，所以我不能肯定。這件事情我們必須要找到證據，否則說什麼都沒有用。這種技術真的太先進了，目前查得到的公開資料相當稀少。」

這能解釋方潔伶原本沒救的身體奇蹟似康復，還變成李景玉的容貌？那個方潔伶，這樣侵占他人的身體，難道都不覺得羞恥嗎？

「下一步呢？應該不會到這裡就停止了吧？」我問。

「當然不止如此。我調查的方式是從方潔伶身旁親近的人下手。首先知道了她曾祕密轉院，又知道她的專屬司機意外事故，但這些人都還好靠近。接下來的部分比較困難，是她的閨密們。」

「如果我沒猜錯，她的閨密們應該也是名媛之類的人吧？」

「是，所以我才說接下來的不好下手。雖然她表面上有很多好友，但大部分都是四年前康復後才結交的，多是社交型閨密。」

社交型閨密，即是只在公開場合互動親暱，所謂「鏡頭前的好友」。一般人也會有這類的朋友，對於名媛世界的人來說則是更多。這種朋友應該只能問到八卦，而不是真正了解她這個人。

雖然不是每個有錢人都難以接近，很多家境富裕的人也願意在一般公司工作，結交身家普通的朋友，但顯然我們要面對的不是那種親和的富人。我的穿著、談吐相當俗氣，別說當朋友，連攀談都會被嫌棄吧。

「你喔……如果去餐廳可以不要那麼喜歡穿拖鞋，我是覺得還好。我記得宇杰有些不錯的衣服，雖然你們的身材有點落差，看看能不能借到一些配件給你用。」梁睿昕語帶保留的說。

接下來要行動的時間、地點，便是她之前提到的周末派對，那間離我們家不遠的時裝店開幕。

突然間，我覺得我們的進度好像很慢。一般人想要調查什麼事情，本來就無法很快速又順利。沒有調查權，很多資料便得不到，或者得用違法的方式取得。行事過程必須低調，無疑也是拖慢進度的原因，更別說危險性更高，如果遇到問題，沒有後援這東西。

梁睿昕已經很了不起，我實在不應該再要求什麼。只是當自己開始重新追尋真相，內心便很難壓抑那股著急的躁動情緒。

在周末來臨前，我們選了幾件體面的衣服，為參加派對做好準備。但我還是有點懷疑，那些僅限於表面的朋友能讓我們問出什麼。

「那些人自然是要去攀談的，有些事情從真真假假的八卦中，也能挖出點什麼。不過有一位我會特別想見面，那就是方潔伶從小到大的朋友，丁家玫。她跟方潔伶應該是真正的好友，從小便認識，而且她為人親和，比較好下手。」

聽著梁睿昕的計畫，我覺得她好像對於這種類似間諜般的工作很投入，雖然她說自己如果只有一個人並不敢這麼做，可是一旦找到伴，她倒是無比積極。我想她的內心深處應該潛藏著另一面的個性。

人都是會變的，但也許不是真的改變，而是讓隱藏的個性被激發。經歷了韓家人的事件，以及被綁架過的那段經歷，她好像越來越不畏懼難題、危險等等複雜的情況。或許她該成為一名專業鑑識刑偵人員，不過我想她更喜歡不受約束吧。

我同樣不確定現在我們距離景玉有多近，調查工作向來變化多端。也許這周末我們一走運，便可以直搗黃龍，也有可能必須持續日以繼夜的追查。

無論如何，哪怕只有走一小步，總比原地不動來得好。

8

視線所及是磨得發亮的地板、絢爛的水晶吊燈，搭配著牆上掛的一件件精緻設計時裝，這裡被打造得美輪美奐。店家還請來了三名模特兒，一開場便是一場精采的小型時裝秀，雖然都是女性服飾，我也忍不住多看了幾眼。

「謝謝你借我領帶，還幫我弄頭髮。」韓宇杰這時打電話給梁睿昕關心一下我們狀況，我接了過來。

「小事。很抱歉我有工作不能陪你們，要注意安全。」韓宇杰說。

「會的，有女王在，不會出錯的。」我這麼說，換來一旁的梁睿昕白眼。

「希望如此。之前睿昕發生那些事快讓我嚇死了，你們以後要幹嘛一定都要跟我講，多一個幫手總是好的。」

「你現在煩惱的事情已經夠多了。」

「煩惱永遠都不會變少。我一直覺得，自從我家的事情發生之後，連帶著你們兩位也開始出狀況，我很怕這些或許都是時空修補的一部分。你知道『蝴蝶效應』嗎？有時候看似關聯性很低的事，一直延伸發展也可能會造成巨大影響，或許最終也會關乎到時空。」

「放心吧，我會注意的。」

「也幫我多照顧一下睿昕。她個性很倔，什麼事都自己擔下來不讓人知道，麻煩你多看著她。」

「我會的。」

結束了通話後，我將手機還給梁睿昕，接著兩人有默契的相互點頭，開始了今天的計畫。

我穿梭在會場中，偶然見到幾位男士穿得不比我端正，心理壓力減少了許多。原來不是每個人都這麼隆重打扮，隨便穿的人也不少。幸好梁睿昕拿捏得宜，我們也沒穿得很誇張，又不至於太寒酸。

晃了幾圈後，我們便見到了關鍵人物——方潔伶。她穿著一身白色小禮服，捲捲的長髮整理得相當典雅。

而我卻心頭狠狠一震，因為眼前的人，根本是景玉啊！我不知道怎麼壓抑自己的情緒，一個不注意，眼眶便濕潤了。只是看看照片還好，當活生生的人出現，不是一句冷靜一點就能沒事。

為了不讓計畫失敗，我選擇逃到外面去。反正我這德性也不可能吸引什麼名媛跟我攀談。梁睿昕在裡頭相當如魚得水，她本來就外貌出眾，自有辦法應付那場合，讓她去問就好了。

我躲到了後方的小巷子，碰上幾個會場中的男子聚在那裡抽菸，便挑了個離他們有段距離的地方，跟著吞雲吐霧。我打算窩在這裡，直到梁睿昕主動聯繫我。

「跟那些人聊過了，好像都問不出所以然。我才沒興趣知道方潔伶用哪個牌子的乳液，煩死人了。」梁睿昕傳了訊息告知我裡頭的情況。我看完後，輕笑了一聲。

「找不到丁家玫嗎？」我回訊。

「有啊。但無法太快切入，她畢竟跟方潔伶是真的要好，一開始就問會被懷疑吧。她現在去了廁所，我只能等她回來。先這樣吧。」

複雜又焦慮的情緒衝擊之下，一包菸很快被我抽完，因此我便離開原地，打算走到附近的超商去補貨。此時，我的肩膀被人拍了一下，讓我嚇得整個人跳起來，急忙轉頭看。

「你剛剛為什麼看著我就哭了？」

一名戴著口罩的女子劈頭就這麼問。我一時間沒認出她來，但仔細看了一下髮型、服裝，我便立刻領悟過來，她是方潔伶！

「我……」我萬萬沒想到方潔伶會發現我，還特地跑出來找我。

「我都看到了，你突然盯著我，然後就哭了。快點回答我，為什麼？」方潔伶見我不說話，顯然很心急，「我是偷溜出來的，你快點講啊！」沒想到她那麼衝，景玉才不會這麼沒氣質。

「沒有啊……我哪有……」我支支吾吾的回應。

「怪人！」方潔伶斜眼瞪了我一眼，轉頭便要離去。莫名被人罵了，突然間我覺得有點不舒服，有點生氣。

「妳才是怪人！」我忍不住脫口而出。

方潔伶停下腳步，再度轉過身來，雙手盤在胸前問：「你罵我是怪人？」

「妳先罵人的！我只是看了妳一眼，妳就特地跑出來追問，妳比我還怪吧？」

「因為你看著我哭啊，怎麼可能不介意。」

「我才……」我喉嚨突然噎住，又盡快清了清嗓說：「我沒有。」

「你叫什麼名字？」方潔伶突然這麼問。

「余……余尚文。」

接著她皺起了眉頭，好像想到了什麼，但又想不到的樣子，表情一臉困惑又無奈。

「算了，是我騷擾你，對不起。」語氣根本不像在道歉的方潔伶撂下這句話，又再一次轉頭便打算離開。雖然我不認識方潔伶的為人及脾氣，也看得出來她怪怪的。

「景玉……」我口中不自覺的便叫出了這個名字。

方潔伶再一次停下腳步，這次沒轉身，只是停在那裡。接著她用雙手手掌貼住頭部兩側，似乎被嚇哭了一樣，嘴裡直說著：「就是這個！就是這個！」

「方小姐，妳沒事吧？」我快步走到她面前問。

「我腦中一直出現這名字，就是這個名字。」她看著我，雙手捧住我的臉說：「你這張臉，我看過，可是我記不起來！」

我彷彿被點了穴一般，整個人定在原地，任憑方潔伶對著我的臉上下其手。

「拜託你，告訴我，為什麼你看著我就哭了？我真的需要答案，否則我快要瘋掉了。」方潔伶哭了出來，我則再一次措手不及。

慌忙中我打了電話給梁睿昕，要她即刻趕過來。梁睿昕不久後抵達，見到我身旁站著哭哭啼啼的方潔伶，張大了嘴巴，一臉疑惑。

「睿昕，她認得我，她認得我！她真的是景玉！」

我興奮的對著梁睿昕這麼說，忍不住流下淚來，但和以往不同的是，這是高興的淚水。

方潔伶冷靜下來之後，先是大致整理了自己的儀容，接著為她的失態向我們道歉，最後她跟我們約定晚一點在一間餐廳裡見面，這才離去。

「剛剛到底發生了什麼事？」方潔伶走後，梁睿昕立刻問我。

我真的不知道。我只是看著她不小心哭了，她發現了就追出來問原因。當我講到景玉時，便換她開始哭了。見到方潔伶對於景玉以及我的名字都有反應，無論情況為何，都是我們相當樂見的情況。

這代表我們今晚的調查，距離景玉又更近一步了。

9

我們預計在開幕會場耗上一個晚上，因此沒有別的安排，一時間也不知道要去哪，便決定先去餐廳等人。能與方潔伶親自面對面，是我們求之不得的機會，還可以開門見山的聊此事，讓梁睿昕對於自己跟丁家玫的攀談被打斷的任務稍稍寬心。不過為什麼又是這間餐廳？當時韓宇杰第一次跟我談事情，帶我來的也是這裡，梁睿昕跟方潔伶約的也是這間。

「附近只有這間餐廳裝潢不錯，還有包廂啊。你來過了？那你對這裡的菜單也熟悉了，這樣點菜很方便。」梁睿昕隨口敷衍了我幾句，便低頭看著菜單。

「所以，我們猜想的事情，真的發生了？」我問。

「也許吧。」

「妳怎麼可以這麼冷靜？」

「我們見到的怪事還不夠多嗎？應該要習慣了吧。剛剛我見到你們兩個是滿驚訝的，但也不至於到現在還沒恢復。我現在只想等她來，問清楚她是否知道李景玉這個人，還有能不能問出李景玉人在哪裡。」

HEAVEN 一開始便認定方潔伶與李景玉脫不了關係，梁睿昕也深信不疑，我則一直處於朦朧的狀態，分不清楚現實與虛假。韓家人的事情我都還沒完全搞懂、梁睿昕與另一個自己的對談我也仍在理解消化，現在又遇到一個跟景玉一模一樣的女子，很抱歉我的腦袋瓜真的沒有那麼好用。

「余尚文……」梁睿昕點好了飲料後，突然喚了我一聲，「我……你應該知道吧，剛剛那個情況。我的意思是，你會做好心理準備吧？」

「什麼意思？」

「雖然她看起來很困惑的樣子，可是她知道李景玉，也認出了你。加上我們之前調查到的，都證明她很有可能……真的使用了李景玉的身體。我想從她身旁的人下手，主要也是想套話，問他們是否察覺到方潔伶出院前後有什麼不同。」

如果方潔伶真的取代了景玉的身體，那景玉還活著嗎？如果我想要景玉回來，是否也代表著方潔伶必須離開。但她有別的地方可以去嗎？雖然只有那幾句話的認識，但我心裡覺得方潔伶好像不是什麼壞人。

重點是，這一切是真的嗎？我喜歡看科幻小說，不代表我喜歡活在裡面啊！

「科技大幅的進步，有好有壞，這也是全體人類的共業。我們享受便利之餘，也得承受比過去更複雜的世界。科技順著人心而生，但你我都很清楚，人心比任何鬼怪都可怕。」

所有以往認為不可能的事情，如今都要打上問號。我可能要接受，景玉被人取代的事實。不同於韓家人的對調，這種取代，很難修正。假使方潔伶待會進來否認一切，我們也什麼都做不了。

若我們真的能找到中圓集團祕密做著這類勾當好了，單憑我跟梁睿昕兩個人，要怎麼揭發一個大財團的惡行？更別說還要解釋這種跟魔法沒兩樣的黑科技。我都可以想像得到世人會怎麼訕笑了。

還記得梁睿昕曾經抱怨過，世界早已變化得相當快速，但人類生活的制度與習慣卻遠遠追不上。我們都進入了二十一世紀，卻仍然懷念著十九世紀，只因為過去單純多了，不願接受現今早已變得複雜。

我也沒資格抱怨，因為我也是頑固的那一群之一。至今我心裡深處依然覺得，韓家人只是集體錯亂，梁睿昕僅是精神異常，這樣的解釋簡單多了，不是嗎？現在要我接受這一切全部都是真的，反而是最困難的部分。

正當我還在胡思亂想的時候，方潔伶帶著丁家玫現身了，這才阻止了我腦中的小宇宙繼續爆炸下去。

＊

沉默是金，集體沉默就只是折磨。除了一開始簡單彼此介紹自己的名字後，四個人便開始尷尬的對看，誰也不確定該先當發言的那位。最後我受不了了，直接劈頭問了方潔伶一句話：

「妳怎麼會知道李景玉？」

「我不知道怎麼回答比較好。」方潔伶說。

「那妳說認得我，又是怎麼回事？」我追問。

「我不認得你，至少我記得自己根本不認識你。可是看到你，又覺得你很熟悉，我也不曉得自己怎麼了。」

「妳不知道自己身上發生什麼事情嗎？」梁睿昕應該是忍不住了。

不過這也許問到了重點，方潔伶猶豫了一下，還跟丁家玫互看了一眼。

「我要先知道你們兩個是誰。你們……不是來參加派對的吧，記者嗎？」丁家玫這時問。

要向她們表明自己的目的，以及解釋自己的來歷，也是一件大工程。我選擇含蓄說明，將景玉失蹤的事情告訴她，以及偶然見到她的容貌相同，因此好奇之下才來看看。我拿出了李景玉的照片，證明自己所言不假。

至於我們私下查到她化療時祕密轉院，以及老司機神祕死亡的部分，不必梁睿昕提醒，我也知道不能講。誰知道方潔伶站在哪一邊，搞不好她才是主謀。即使她不是，知道自己被人暗地調查的感覺也很差，要是留下壞印象就再難溝通了。

所幸方潔伶看到了照片後，似乎防備心卸下了許多，眼神少了些懷疑。

「你們應該知道，我曾經差一點死掉吧？」方潔伶這麼說。

她自高中被診斷出癌症後，便是長達好幾年的治療與追蹤，期間一度好轉，卻仍再度復發，好像老天把她的身體當玩具折磨似的。差不多六年前，她住進了醫院，整整過了兩年才出院。

「我到現在，都不知道自己是怎麼康復的。」

這發言有點讓人意外。方潔伶不知道自己痊癒的過程？

「腦子裡一直有道影子，好像是小時候的我，可又不像我。當你叫我那名字時，腦中的人影又突然浮現出來，是她對那名字有反應，不是我。我對你也不認識，而是我的眼睛好像看過你，我根本無法解釋。我一直覺得自己的身體分崩離析的……」方潔伶用手撐著頭，好像為此很傷神。

「小潔……」丁家玫伸手握住了方潔伶的手，對我們說：「所以你們的目的是什麼？小潔這幾年來一直很痛苦，我希望你們不會傷害她。如果你們是記者，那對話就到此為止。」

「我們不是記者。」梁睿昕連忙否認。

「只是一個想找到女友的人，以及好心幫助他的朋友。」我這麼回。

「這樣啊……那我能幫上什麼嗎？」方潔伶這麼說，同時也再度拿起景玉的照片端詳著，「她真的跟我長得好像。」

「妳自己，有沒有什麼猜測呢？」梁睿昕試探性的問。

「呵，你們覺得我占用了這位小姐的身體嗎？」方潔伶用打趣的口吻說著。確實我們是這麼覺得，但沒想到她會自己說出口，但也許她只是胡亂說說。

正當我們還不知道該怎麼回應，她卻說：「我也這麼認為。」

「小潔……我說過這是不可能的。」丁家玫急忙說，好像她們以前聊過這話題。

「怎麼不可能！妳還以為他千方百計救活我，是因為疼我這個女兒嗎？我早就認清楚他的為人了，現在一切都說得通了！」

「說不通啊！不過是一張照片能證明什麼？」丁家玫反駁。

這下好了，換我們聽不懂了。所以方慶忠根本不想要方潔伶活下來嗎？天底下哪有父母會希望自己的孩子死掉？

10

這應該是調查生活以來，心情最複雜的一晚。雖然氣質、裝扮完全不同調性，但景玉就在我面前，卻又不是她的感覺，著實讓我很難調適。我以為再也看不到那張臉，如今只能克制住想要衝上前狠狠抱住她的衝動。每一次，方潔伶轉過頭來，我的心尖都會震動一下。她似乎明白我的心情，好幾次被她發現我在偷看，也沒多說什麼，反而會給我一抹微笑。

「她不是李景玉，不要一直盯著人家，很像變態。」梁睿昕經過時，小聲提醒我。

「我知道啦。」

方潔伶帶我們來到了她的辦公室，本來我們還存有疑慮，但她再三保證沒問題，因為她父親已出國，而且有重要的資料想要跟我們討論，我們這才同意前往。壓抑住自己不再一直偷瞄後，我開始環顧四周。真好啊，我都不知道什麼時候才能擁有一間這麼大的辦公室，還可以擺得進沙發以及一整排書櫃，跟那一大片落地窗景。

她擔任公司的營銷經理，是屬於不糜爛的富二代，這讓我對她的印象又更好了點。

景玉也是認真工作的類型。

隨後，丁家玫端了一盤茶水進來。她應該很保護方潔伶，因此看我們的眼神依舊充滿了不信任，但礙於方潔伶的面子，不敢表現得太明顯。

「就是這些了。」方潔伶將準備好的資料放到桌上。

「這些是？」我問。

「大部分是我的就醫資料。前幾年，我的人生幾乎都在醫院度過，儘管如此，我每天都還是清醒的。可是五年前，當我某一天醒來，便整整失去了兩個月的記憶。兩個月耶，你們能想像，一覺醒來是兩個月以後嗎？」方潔伶問。

「那妳記得失憶前的最後記憶嗎？」梁睿昕反問。

「很模糊。我當時病得很重，躺在病床上，一天過著一天。每天睡前都不確定還能不能數到明天。但我天天數日子，所以那一天醒來，發現竟然過了兩個月，當然會想知道原因。」方潔伶喝了一口茶後，繼續說：「他們說我緊急動了手術，而且相當成功，還說我很幸運，有機會康復。」

至於是什麼手術，院方卻始終講得很含蓄，方潔伶認為根本是避重就輕，但無論怎麼問，他們總是迴避問題。

「然後我就好了，慢慢恢復了體重，接著便能夠下床，最後出了院。我知道這是好事，我應該開心，但我心裡頭一直覺得怪怪的。首先，我無法得知自己動了什麼手術。再來，我覺得自己的臉和身體，越看越陌生。我在家裡已經像一個外來者了，現在甚至還覺得自己是這身體的外來者。」

「可是我覺得那是因為恢復體重的關係。妳生病那陣子瘦得只剩骨頭，這就是妳本來的樣子啊。」丁家玫忍不住插嘴。

「我知道，大家都對我這麼說。我照鏡子也檢查好幾遍，並沒發現什麼不尋常之處。但是，在我手術前，好歹跟自己的身體也相處了二十二年，所以即便我說不出所以然，但我就是知道，自己被裝進了一個陌生的軀殼裡。」

語言從來就不能解釋一切。人的情感是複雜的，感受是難以言喻的，即使發明了再多的詞句，仍舊無法詮釋每一種意會。只是我們不曾去注意這點，因為人們總相信一切都有解釋，但我們僅了解所知的世界，真實卻可能超乎想像。

「我知道這說法無法說服人，我也不是沒找過證據。昏迷的那兩個月，我的醫療紀錄是偽造的。他們都以為我不會去查，都以為我是笨蛋……」方潔伶說到激動處，忍不住停下來喘口氣。

「沒有人認為妳是笨蛋，我從來不這麼認為。」丁家玟安撫著。

「我也相信妳不是。不過，這些資料妳是何時拿到的？」梁睿昕問。

「兩年前了。說實話，憑這資料也不能證明什麼，頂多懷疑那兩個月的昏迷另有隱情罷了。而我也只想得到一個人會幹這種事，我爸爸。」

「這麼問可能有點冒昧。但剛剛在餐廳裡聽到妳說的話，還有又說自己像外來者，是因為令尊跟妳的相處不是那麼融洽，是嗎？」梁睿昕追問。

「睿昕，這是人家家務事！」我急忙打斷她。

「沒關係。我跟我爸感情很差，全公司都知道，特別是我媽去世後。他對外的形象是不惜揮灑重金救愛女，實際上是我死了會帶給他很大的麻煩，所以無論他再怎麼討厭我，也得讓我活下來。這是我媽盡了最大努力保護我的方式。」

方潔伶的母親在生下她之後沒多久便與她父親離婚。她不願釋出公司股份給方慶忠，而是選擇將自身財產全留給方潔伶，逼得方慶忠必須好好栽培方潔伶，成年後給她一份管理要職，否則要是方潔伶出了事，方慶忠一毛也拿不到。

「只要我結了婚，他就不再有控制權。所以一直以來，他總是想盡辦法破壞我的感情生活，還到處放話詆毀我，弄到沒人敢跟我來往。真是好一個慈父！」

又說到痛處，方潔伶便再度激動起來，咬牙切齒的說著。

我不太了解財團的鬥爭內幕，只是很難想像兒女必須與父母爭鋒相對，將彼此當敵人的情況，相當令人唏噓。然而，方潔伶雖然自己查到了一些資料，但若我們不將自己所知的告訴她，情況依舊會陷入死胡同。

只是，我們能這麼快相信她嗎？

「所以，妳懷疑妳的父親，私下替妳決定了那些手術嗎？」梁睿昕問。

「嗯。我也知道這聽起來不可能，人怎麼可能有辦法換身體，那是科幻小說劇情了吧。但這種對自己身體的不信任感，卻是我真真實實的感受，現在又知道了你們的朋友跟我長得一模一樣，還在我動手術那時候失蹤，我還能怎麼想？」

方潔伶舉起自己的手，用毫無感情的眼神端詳著，接著繼續問：「妳說妳是科學家，那妳知不知道，這種事情有可能發生嗎？」

「目前不太可能，困難度太高。就算有，也是違法的，因為這樣等同於殺死原本的主人。只不過，依妳家的社會地位，法律也許不是什麼阻礙……抱歉，我沒有什麼特別的意思。」

「別在意。跟我說話不需要拐彎抹角，我身邊多的是那種人。生病那幾年，我認識了很多病友，所以我知道真實世界是怎樣。我不是什麼公主，公主不會得癌症，只需要每天唱歌，找到王子嫁人就會得到幸福。我跟所有人一樣，想要幸福，只能靠自己。」方潔伶輕笑著，「不過，你們不只是單純看到我長得像你們朋友才混進那場派對吧。失蹤了五年，總有一些調查資料，我可以知道嗎？」

方潔伶跟梁睿昕根本是同類型的人，強勢又相當聰明，只是多了一點千金小姐不免會有的傲氣。既然她是聰明人，看來我們也不需要一直蒙混下去。於是我們大膽告訴了方潔伶，關於顏武雄以及她轉院的事情。調查需要有進度，有時候只能賭下去。

「顏爸……死了？怎麼沒人告訴我？妳知道這件事嗎？」方潔伶相當震驚，轉頭追問丁家玫，丁家玫搖搖頭，「他退休時我很不捨，從小到大都是他載著我到處跑，對我很好。我竟然連他去世了都不知道，天啊……」

「他似乎也知道妳轉院的事。」我將日記的內容轉述。

「我沒察覺他有什麼不對勁。顏爸雖然很照顧我，可是他的話不多，表情也都一本正經。退休隔天自撞山壁，這根本不可能，那輛車是我送他的！」

為了慶祝顏武雄退休，方潔伶特地買了一輛車當作禮物。車子是退休前便準備好的，提早送了出去，還讓顏武雄自己做了一次檢查確認。

「這是真的嗎？伯父會做這麼可怕的事嗎？」丁家玫不安的問。

「別人我不清楚。他，我不意外。」方潔伶冷冷的說：「你們剛才還說什麼我曾經轉院，有辦法進去那家醫院嗎？」

「那不算真正的醫院，實際的位置在哪也不清楚。我們是去過一個被懷疑是那間醫院的地方，但沒有進去也不能證明。就算是那裡好了，也不是推開門直接走進去那麼簡單。」梁睿昕說。

「如果，我想玩大一點，你們敢加入嗎？」方潔伶此時冷笑了一聲。

「多……多大？」我怯怯的問。

「不怎麼合法就是了，可能還有點暴力。但你們朋友跟我，還有顏爸……」方潔伶停頓了一下，深吸了一口氣後才繼續說：「總之，我們這些人受苦受難時，也是遭受不合法甚至暴力的手段。這只是以牙還牙而已。」

「妳真的願意這麼做？」我問。

「什麼意思？」

「雖然妳跟妳爸關係很差，但妳其實沒有什麼損失。對，我知道妳也有妳的問題，可是看看妳現在的樣子，妳恢復了健康、完美的外型，還有這麼大的辦公室和稱頭的職位。即使妳什麼都不做，仍然可以是一個大財團的經理，一輩子過得順風順水。要是妳現在做了什麼，雖然我不知道後果會如何，不過一定會有損失，不是嗎？」

「所以你不相信我？」

「我很想相信妳，只是妳的說服力不夠強。」

接著我們陷入了沉默，但我不覺得自己質疑得不對，這份懷疑是人之常情。雖然她有景玉的外表，以及這段短暫相處，讓我對她印象很好，但彼此終究不是熟人，而且她的背景特殊，互換資訊還行，要一起行動，我仍舊有顧慮。

「我明白你的顧忌。什麼都不做，我還是可以過得好好的。」過了一陣子，方潔伶打破沉默，「但我想找出真相，找到你們的朋友，還有替顏爸討一個公道，讓自己心安。也許我沒有那麼神聖、那麼正義，我一直想要脫離我爸的控制，還有脫離這間公司，我想要藉這次機會看看能否一次達成目標。合作是需要信任的，我希望這席話，可以讓你對我有信心。」

「有她的幫忙，我們的調查進度可以更快，甚至是直搗黃龍。合作總是有風險，什麼都有風險。」梁睿昕隨後把我拉到一旁，「你跟韓宇杰也是在不熟的情況下合作，當時你不是同樣害怕他才是凶手嗎？」

「但韓宇杰家裡可不是什麼財團，妳自己也說財團很複雜難搞。」

「與方潔伶合作，是我希望的方式。原本我以為要花一陣子才能達成，現在托你的福，這麼快就搭上了線。放心吧，我有退路的。」

這次的調查原本就是梁睿昕主導，既然她都這麼說了，我也只能照做。這短短幾個星期以來，比我那兩年追尋的進度還多得多，沒有她的幫忙，事情不會進展這麼快。雖然我無法完全相信方潔伶，但我相信梁睿昕的判斷。

11

方潔伶與她父親不和，是全公司內部都知道的公開祕密，但因為他們家庭間的協議，導致五年前出現了一場祕密手術。李景玉的失蹤、顏武雄的死亡可能都牽扯在其中。我們大概猜想得到是什麼樣的手術，但需要更多證明，首先就要找到手術的存在以及被施行過的證據。

方慶忠應該只是委託者，因為醫療並非中圓集團涉獵的領域。能施行該手術的醫生想必也不可能滿街跑，這又讓我們把焦點轉回一開始的洞巖醫院，那一處專門施行祕密醫療的地下醫院。

原本只有我跟梁睿昕兩人，要深入調查洞巖醫院很有難度。有了方潔伶的幫助，事情變得簡單了許多。

「我已經派了一組人馬去監視，我的要求是替我們弄到三套混進去的服裝或識別證，接下來只能等待。」方潔伶隔天與我們相約在梁睿昕家中相見，這次丁家玫沒有隨行。

「人馬？」我問。

「什麼工作都有人做，只要付得出錢就行。這次我給的不少，所以派出去的人都很優秀，重點是絕對的隱私。他們除了會向我報告以外，也會跟梁小姐聯繫。」方潔伶將一支專門用來聯繫的手機交給梁睿昕後，看了我一眼，「余先生，不是不相信你，只是我覺得梁小姐應該比較擅長處理這種事情，她接到消息後，自然也可以跟你說明。」

「我不介意，我確實不擅長這種事情。」

梁睿昕擁有高級的專業知識，也懂得推理、歸納、甚至危機處理，又擁有自己的人脈及資料管道，在這件事情上面，她確實適合領導我。雖然覺得自己很沒用，但自怨自艾留到之後再說。

後來方潔伶再深入解釋，才了解到那是民間的調查公司，這類型公司的老闆通常是軍警出身，或曾擔任過特務。只要付得出價錢，客戶便可以擁有私人的情蒐團隊，同時人員也都擁有極佳的外勤能力，個個都是特務，是相當專業的合法公司——雖然我覺得她口中的「合法」應該只是立案而已。

調查這工作，沒有一點資金還真的不好辦事。

「丁小姐怎麼沒來？」我問。

「我有點霸道的要求她出國了，因為我不希望她捲入。你們應該也感受到她並不信任你們，這點要跟你們說抱歉。她很保護我，所以對於剛認識的人都會有敵意。住院時，她天天來看我，也只有她來看我。當時那些好姊妹一個一個忙著交男友、申請國外名校，根本把我拋到腦後。我失憶那兩個月，她被擋在醫院外，脾氣溫和的她為此還大吵大鬧了一番，就怕我出什麼事。若不是她，我根本無法撐下去，早就放棄一切希望。」

「聽起來是一位好友。」梁睿昕說。

「呵。還記得小時候我媽說過，我很幸運的進入一個什麼都不缺的世界，但唯獨牽扯到『情』這件事，要懂得看開。當然我媽是偏激了一點，她自己跟我爸感情不好，就憤世嫉俗的。我還是相信，我能擁有知心的朋友跟一個愛我的人。」方潔伶今天看起來輕鬆了些，沒有昨日的嚴謹。可能是妝沒那麼濃豔，衣著也簡單了許多的緣故。

「妳會有的。」我說。

「但如果我的身體，真的是你女友的呢？」她這麼問我。

我頓時啞口無言。

我不知道，我真的不知道。方潔伶看起來是一個好人，我希望她能繼續活下去，但我也希望景玉能平安歸來。

「放心吧，要真是如此，我不會霸占你女友身體的，反正我五年前就該死了。」她語氣輕鬆的接話，然而這可不是什麼輕鬆的事情。

「等真的遇到了，我們再來想辦法。」梁睿昕這時出來打圓場，讓氣氛不那麼尷尬。

我告訴自己這不是鴕鳥心態，而是面對這樣的問題，不論做什麼選擇，都不會是最圓滿的。我們不能逃避，但需要做好心理準備。

景玉已經失蹤五年了，即使她沒有被人盜走身體，我也不認為綁匪會把她像公主一般供養。我不敢問、也不敢想的是，如果找到了景玉，她還會好好的嗎？

「妳想逃離妳爸、逃離公司，那有打算做什麼嗎？」梁睿昕這時問方潔伶。

「還沒想到。假如能成功離開我家，也許我會一無所有，那時再做決定吧。老實說，我覺得自己的真實人生只有到高中，在那之後都是飄渺迷惘的。這樣的我，有這樣的願望，是不是太自以為是了？」她這麼說。

「妳總會有喜歡的事情吧。那種會讓妳不知不覺投入時間，廢寢忘食也心甘情願的事。」我接著說。

「很遺憾的，並沒有。不過，委託那個特務公司、下達命令的時候，我以為自己會發抖害怕，沒想到我卻做得很自然。反而感覺自己好像成為了那種即將要拯救人質的英雄一樣，內心有點澎湃、期待。應該說，我不喜歡我們遇到的鳥事，但我挺喜歡我們現在合作的感覺。」

「妳是指發掘真相嗎？」梁睿昕問。

「對！真相也許會讓我很難受，但我仍迫不及待的希望它浮出水面。活在謊言裡，不過就是活成一個快樂的傻子。也許這很難評論對錯，只是我不想當個傻瓜。」

「妳應該去當科學家的。」我看了梁睿昕一眼後這麼說。

「所以你們兩個是怎麼認識的？」方潔伶這時問。

我跟梁睿昕同時互望一下，因為我們都清楚，要向旁人解釋我們的相識同樣是一項巨大的工程。費心說明不打緊，怕的是說完後被投以無數白眼。

「朋友介紹的，剛好也聊得來。」梁睿昕見我不知怎麼搭腔，便這麼說了。

我們才相識三個月，就共同面對了三件大事，這算是什麼孽緣嗎？如果我沒有發現韓家人的怪異、沒有上網發文、沒有在韓宇杰面前閒晃，那麼我永遠都無法認識梁睿昕。又或者我沒有將手錶送出去、沒有即時找到定位，今天也無法跟著梁睿昕一起參與調查。

過去是無法改變的。今日的果，都是過去的因。而過去的因，則是無法抹滅的命運。但我們也並非任人擺布，因為今日的決定，將會影響著明日的發展。

我希望我們此刻都做了正確的選擇，能讓未來朝著我們預期的方向開花結果。

12

等待了幾天後，方潔伶委託的調查公司傳來了消息。他們在疑似洞巖醫院的建物那裡，觀察到一輛轎車開了出來，二話不說便上前盤問了一番。車上是一名中年醫師及其年輕的助手。很快的，我們被邀請到該公司的簡報室，聆聽他們這次的推測。

兩人都堅稱自己是路過，什麼訊息都不肯透漏，不過他們仍在車上找到了磁卡識別證，以及幾套防塵衣。而且這兩個人還有一個共通的不尋常處，那就是皆為失蹤人口。

中年醫師早年服務過兩間醫院，未婚單身的他在提出辭呈後，便音訊全無。年輕助手則是就讀醫學院期間，因家人空難過世而輟學失聯。但依他們的情況來看，應該是主動投身，選擇消失於人間的。

在不尋常的地方出現，且有著同樣不尋常的背景，要人相信他們只是路過，不只梁睿昕與方潔伶，連我都無法被說服。

負責這件委託的隊長姓彭，簡報結束後，禮貌的過來和我們一一握手。他有著我想像中的壯碩身材，但神色看起來出乎意料的和善。

「世界各地都有地下醫院的傳說，早期比較單純，是為了救治被壓迫或者其他原因，無法上正規醫院治療的病患而出現的，後來則是一些黑道組織指定的急救場所。這些場域可能都還是零星存在著，但洞巖醫院，也許是最新型態的地下醫院。」彭隊長這麼對我們解釋。

「最新型態？」我問。

「犯罪集團的醫學實驗室。檯面上，因為道德問題，一些手術並無法真正施行，但不在乎爭議的犯罪集團就有可能會去做，像是複製人、變體人。洞巖醫院我們早已聽過，在都市傳說裡，它算是有名的。這次接到方小姐的委託，我們也很期待能夠驗證這個傳說的真偽。」彭隊長想了一下後，繼續說：「雖然這是客戶的隱私，我不會過問。但三位看起來不太像是會牽扯上這類事件的人。」

「所以，這有什麼問題嗎？」方潔伶問。

「當然沒有。只是想告訴你們，很多傳說其實牽扯上的都是犯罪。不少年輕人抱著好奇的心態想去探索那些傳說，但往往會讓自己陷入危險。如果你們並不是抱著玩樂的心態，而是真的有需要調查就好。雖然以我們公司的立場，沒什麼資格做道德勸說，這僅是我個人的想法，請不要放在心上。也再次提醒各位，你們從進簡報室開始所獲得的資訊，都不是我們提供的。」

「我知道，一開始就講得很明白。」方潔伶說。

「那兩個人，只能問到這麼多？」梁睿昕這時問。

「我們不是公部門，很多事情不能明著調查，當然我們有我們的方法，所以這點請三位放心。兩位可疑人士已經被我鎖定追蹤，下一步他們會怎麼做，你們都會即刻收到通知。還有，識別證以及三套防塵服，已經準備妥當。」彭隊長輕輕咳了一聲，「所以，你們是打算混進去嗎？」

「這點需要你們配合嗎？」梁睿昕問。

「我們不希望客戶自己去調查，可能會衍生很多問題。因此我會建議由我的人進入，你們在車上同步接收訊息即可。如果三位堅持要親自下去，那也希望有我們的人員在外待命，同時你們也得簽署一些文件。」

他們並不是怕我們陷入險境，而是若我們捅出樓子來，就會影響到他們公司。況且，都已經委託了專業的調查公司，委託人還親自下去調查也是怪怪的。

雖然我很想親自下去，但我也認為這不是好主意。我們終究不是做這行的，即使能找到景玉，也不代表有辦法順利帶她出來。這是真正的直面犯罪集團，沒有兩把刷子不能開玩笑。

「我能了解你們會有想要下去的理由與堅持，但這不是兒戲。雖然不知下面有什麼，但能夠蓋一座地下醫院，對方絕對不是泛泛之輩。就連我們也都得繃緊神經、全力以赴，更何況是沒有受過任何訓練的三位呢。」

最後我們妥協了，接受他們最期望的方式：在車上待命。這是最理智的選擇，但我們也都感受到自己的渺小與無力。如果今天不是方潔伶有錢有力，聘得起這類公司，一般人遇到這種事情，不是更絕望嗎？

「有錢判生、沒錢判死，你應該也知道這道理。一般老百姓只能仰賴公部門，但有些角落，是連他們也觸及不到的黑暗世界。專業調查所需要的成本相當高昂，即便再佛心也不可能低價接案，風險高代價更高。想當英雄也是要有口袋的，這就是現實世界。」梁睿昕在回程的路上，這麼告訴我。

她口中的黑暗世界，是一個世人都尚未準備好迎接，但早已悄悄成形的世界，任何稀奇古怪的事都有可能發生。

過去，一般人很少會接觸到黑暗世界，可如今，它們早已茁壯，觸手開始深入我們所存在的正常世界。也許HEAVEN的出現，就是一個證明。有邪必有善，我們只能祈禱，善的力量能持續大過於惡。

「睿昕，妳還記得我曾說過，也許我們存在的時空，是屬於幸運的時空嗎？」

「記得啊。」

「那妳相信發生過的事情無法改變，還是因著平行時空可以有所變化？」

「這牽扯到時光旅行，問題會變得很複雜。但以韓家人的事件來說，我目前只相信因果論。不論時空有無修補機制，現在的你過得如何，都仰賴於過去的決定。也許你相信這是一種安排，但也可以說，這是你自己的選擇所致。你想說的是什麼？」

「沒什麼。只是覺得當時的幸與不幸的說法，現在想起來很可笑。也想著如果我有穿梭機，能否回到過去，拯救景玉。」

「據我所知，穿梭機好像沒有時光旅行的功能，只是能在不同時空轉換。幸與不幸也很難講，本來那就是一體兩面的。這個時空的韓家人是幸運兒，不代表全部的人都是。我不知道如果你能回到過去，能否真的能改變李景玉的命運，即使有，也只是拯救了她，而受害者可能會換成另一位。宏觀來看，結果沒有任何改變。所以，我應該是相信過去無法改變。」

不論是否照自己的意志所發生，或是自己的選擇，我們的每一步都會左右往後的人生。

那我們現在做的一切，會有怎麼樣的未來在等著我們？而我們的現在，又是因為過去的哪一個決定所演變的呢？

13

原本以為會坐上塞滿了一堆螢幕、眾人得擠在裡頭的廂型車，結果來了一輛體積更大的露營車。裡頭的設備相當先進，我們彷彿進入了一間小型工作室，應有盡有。如果不是方潔伶，我這輩子沒機會體驗這種車子。

我們戴上了被分配到的耳機，同時有兩組螢幕連接上即將下去的兩名調查員，可以同步觀看他們所見的景象。

中年醫師與助手也被帶上了車，他們一臉茫然，似乎沒想過自己會被抓。據說因為是自願失蹤，特務公司便抓住了他們不敢報警這點加以利用，強迫他們也得在旁觀看，必要時也許派得上用場。本來我對於這樣非法限制人身自由的作法頗為反感，但一想到他們有可能是犯罪組織的成員，搞不好參與了不少泯滅人性的實驗，便決定不將同情心濫用在這個地方。

我想他們應該從沒想過，如果那些殘忍的實驗品是他們自己，會是什麼感受。

雖然現在還無法證明他們幹過什麼事，但很快我們便可知道這兩位是否無辜了。

「他們進去了。」彭隊長在旁發話。

畫面中呈現了地上建物的內部，空蕩蕩的什麼都沒有。接著兩名調查員在旁摸索著，應該是照著調查SOP行事，不久，地面中央便升起一台類似貨運用的電梯。

「地下總共有四層，工作人員估計約有二十五名，多是像他們兩個一樣的研究人員。這陣子並沒有運作，只有幾位人員駐守，皆集中在地下二樓。這裡並沒有任何登記資料，完全祕密運作，不管是不是洞巖醫院，都是不尋常的場所。」彭隊長繼續解釋，接著告訴方潔伶，「先前妳提到，要我們特別留意這裡是否有實驗手術進行，目前還沒有什麼收穫。但地下三樓有一間完善的醫療中心，那裡的規模，大概可以進行所有妳想得到的手術，想不到的也有可能。」

彭隊長解說著他們所調查到的資訊，同時螢幕也傳來了兩名調查員打昏了三名駐守人員畫面。

「我們的目標是地下四樓的機房，調查員會將電腦裡的資料拷貝出來，這裡可以同步接收，假如情況允許才會繞到三樓去探查。另外，這裡的定位猜測是供人租借使用的，沒有觀察到囚禁人的地方，所以你們提過的女孩子，也許不在這裡。」

沒想到景玉的失蹤竟然牽涉到如此龐大的犯罪集團，難怪怎麼樣也找不到人，幾乎一點線索也沒有。他們隨便一個出手，就輕易毀了一個人、一個家庭，為什麼可以如此毫無人性？

「我爸昨天打電話給我了。」方潔伶這時突然這麼說。

「他說了什麼嗎？」梁睿昕問。

「沒什麼，只是問我一些公司的事情，他偶爾會這樣。本來我想試著問什麼，但擔心自己一個沒弄好，反而露餡，所以沒繼續。我在想，也許他只是單純的委託，可能丟下一句：『想辦法救活她』的指令而已。愚蠢的老頭，搞不好連自己委託的單位只是幹什麼的都不知道。我不是在替他說話，只是依照他的個性，很有這樣的可能，若真是如此，那他就是更糟糕的爛人。我要是真的被植入另一個人的身體，他大概永遠也分辨不出有什麼不同。」方潔伶面無表情的說著，但我想，她的內心應該相當感慨吧。

「今晚我們就能找到證據。不論如何，都要冷靜面對，讓悲劇就此停住。」梁睿昕說。

眼前，調查員已經成功潛入地下四樓，正連結上那裡的電腦，因此此刻車裡的其他隊員也同步在接收中。

「三位，恐怕我們無法繞到三樓了。剛才被打昏的人員，已有一位醒了。資料拷貝進度已差不多，我必須要讓我的調查員離開那裡，請見諒。」彭隊長指著他身旁的螢幕，那些是駭入的閉路電視影像。

最可惜的是，地下那麼多監視器，地下三樓偏偏只有一台照著醫療中心的玻璃大門。雖然依稀可以看得出裡頭有不少醫療設備，但實際上有哪些卻無法一一判斷。為了調查員的安全，我們也只能同意他們撤離。

我們距離建築物有一大段距離，因此暫不用擔心安全問題。兩名調查員上到地面後，會有就近的車輛即刻接應。這一次的調查，大致上算是完美，也讓我見識到了專業的調查公司是如何成功運作。我很感謝他們，只是我們現在更關心的是傳送過來的拷貝資料。

隨著資訊一條一條被解密，呈現在我們眼前的，是一份又一份的手術紀錄，內容更是讓車內的所有人都靜默了下來。

人體器官移植、病毒實驗觀察，複製基因科學，以及同時引起我們三個人注意的——記憶移植手術。深入點進那項目之後，一整排名單印入眼簾。

「所以……天啊……」梁睿昕捂住了嘴，不敢相信眼前所見的資料。

上頭有著不少名人的名字，甚至有包含已公布死訊的。他們透過這項手術，拋棄了因病無法再存續的身體，轉而使用著他人的身軀繼續活動。而那些未對外公布死亡的，則用這方式延續壽命，改名換姓，隱居享樂。甚至還有商業間諜靠這招竊取對手身體、控制其企業的陳述。

算一算，總共有將近十五份手術紀錄，也就是有十五個人已經成功取代了他人的身體。其中，我們所有人更不想看見的一份紀錄，方潔伶的名字也在其中，而她確實使用了景玉的身體。

接著一聲巨響響起，方潔伶從椅子上跌落在地，昏了過去。

而我彷彿整個人被掏空了。等到我恢復意識時，手上已經沾滿了鮮血，還有眼前那名被我揍到暈眩的醫師。梁睿昕試圖過來拉住我，卻被我推到了一旁，撞倒了不少螢幕。

最後，是彭隊長出手制止，將我暫時敲暈，才結束這場混亂。

14

「對不起，真的對不起，壞掉的設備我會想辦法賠償。他平常不是那樣的，只是真相真的太難以接受了，請你們一定要原諒他的行為。」

恍惚中，我聽見了梁睿昕低聲下氣的道歉聲，勉強睜眼一看，只見到她額頭及臉頰都上了紗布，正不停的向彭隊長鞠躬。車子也不再靜止，已駛上了馬路。

「我們不會怪他，這是人之常情。待會回公司，我會請醫療小組看著他，妳也需要重新包紮。至於方小姐，暫時麻煩妳辛苦點看著她。兩位醫師等一下有人會接走，我想暫時不要讓余先生與他們共處。」彭隊長說。

「那我先讓你好好處理。再次抱歉。」梁睿昕說完後，便走到我身旁，見我醒來了，便盤坐了下來，「你醒了？還好嗎？」

「我是不是打了妳？」我伸出手摸了摸她臉上的紗布，接著因為自責而開始痛哭，「我打了妳……」

「你沒有打我，是我自己沒站穩。不要想太多。」梁睿昕握住我的手。

「是我推了妳，害妳跌倒。馬的，我真該死……」

「余尚文，我沒有怪你。我要是你，也會做同樣的事。我早說過，這趟調查我們都可能有危險，這點皮外傷不算什麼，我比較擔心你。」

「景玉……真的死了……」想到這裡，我的心又更痛了。

方潔伶仍昏迷不醒，也許她同樣無法接受，自己真的使用著別人的身體。這下子，我們到底該怎麼解決這件事？依照紀錄，方潔伶原本的肉體早已火化，就算我們找到了景玉的記憶，也沒有身體可以讓她回去了。

回到了調查公司，我住進了他們的簡易診所，加上方潔伶，這間房便滿了。梁睿昕坐在兩床中間，雙手各握住我們，沒有說什麼，只是靜靜地陪著。我的腦袋一片空白，已經無法多想，只是沉默的盯著天花板燈光。

過了一陣子，彭隊長進來了。他先是關心我與梁睿昕的傷勢，接著確定我們可以繼續接收訊息後，便開始了他的報告。

「我們查不出來負責人，他們挺高明的，高層人員都是匿名。如果真的要將這些資料交給警方，也只能判到那些基層人員，其實意義不大。那些首腦再換個地方、召募一批新人，同樣能東山再起。所以，怎麼處理下去，不是一時半刻能夠決定的。」

「你們……還會追查下去嗎？」我問。

彭隊長面露難色，先是吸了一口氣後，苦笑著說：「這好像有點尷尬，方小姐委託的項目是調查那棟建物，不包括後續處置。當然她醒來之後，可以追加項目，那我們就會想辦法舉報，讓公部門盡可能逮捕相關人士，引發社會關注，或許能暫時嚇阻那些犯罪份子。但不管如何，我們能提供的只有部分真相，不是全面正義，光是做到這點就已經很不容易。」

正義包含了審判，誰敢說自己有審判的權力。有時你當下認定是錯的，也許背後還另有隱情，因此維護正義的理想，太難、太沉重。一個商業公司，更不可能去做這件事。

「做這一行，看到的黑暗面很多。常常在過程中激起同仁的惻隱之心，想要多做些什麼，但一來是公司並不會允許，二來沒了資源，我們也什麼做不了。只能盡可能的給予建議，告訴客戶下一步能怎麼做。不過，你們也不必太失望，因為正義的前提是真相。誰握有真相，誰就贏得了籌碼。」

這是現實，但是好難受。原來面對真相需要極大的勇氣及意志，否則就算機會擺在眼前，也沒膽量去掀開來，一探究竟。即使是一開始就做好了心理準備，卻終究深刻體會到，沒有什麼事情是真的能做好準備的。

「我們會再追查看看是否有你們提到的記憶儲存。如果有，也許能在最後，給予一些安慰。」彭隊長說完後，點個頭便離開了。

隔天，方潔伶則依舊昏迷不醒，梁睿昕便先送我回家。臨去前，彭隊長給了我們名片，一張僅印了一排電話號碼的白色名片。而我希望自己不會有撥打的機會。

「我明天再來看你。」送我回家後，梁睿昕說了這句話就走了。

回到房間後，我打開塵封三年的相簿，開始瀏覽著我與景玉過去的照片。她的人是回不來了，但回憶，沒有人奪得走。

抱著相本，哭到睡著後的我，在半夜接到了梁睿昕的電話。

「妳不是說明天才來看我嗎？」我在迷濛中問著。

「發生大事了。彭隊長剛打給我說方潔伶消失了！而且……她殺了那兩名醫師，還用他們的血在牆壁上寫下：MURDERER。」

15

三個星期後，中圓科技宣布破產，即將解散公司並進行清算。所有人都搞不懂，一間財力如此雄厚的公司，怎麼一夕之間說倒就倒。但我跟梁睿昕看到新聞後，心裡頭大概有了底。

仇恨是會延續的，繼承者有可能還會更加茁壯。方潔伶自從殺了兩名醫師開始，她的心已經被仇恨吞噬，所以她會有什麼大膽、激進的舉動，雖難以預測卻又不讓人意外。她沒有聯繫我們，只是事後多付了一筆錢給調查公司，表示歉意之外，也當作處理兩名醫師的費用。也許有一天她準備好了會來找我們，我們會等著她。

我知道，就算找到景玉的記憶，也不可能要求她歸還景玉的身體。我希望她能好好的活下去，代替景玉過一個充實又美滿的人生。只是這願望，現在似乎也變成了奢望。

這一次，我們什麼都沒有阻止到，只是發現了一些幕後而已。問題並沒有解決，也不知有無能力或該怎麼解決。一旦扮演上帝的能力已經準備就緒，那或許就不再是人類能夠阻止的發展。世界會變得更加複雜，我們只求會往好的方向而去。雖然我也不知道好或不好，又該怎麼定義。

幾天後，調查公司寄給了我們一封信。

致梁小姐、余先生：

我們調查人員在這幾個星期努力追查之下，終於發現了你們所說的記憶儲存，以及相關的報告資料。

很遺憾要通知你們，專研報告以及審視那些紀錄之後，我們知曉人的記憶量以及運作是相當龐大且複雜的，目前沒有任何人工載體可以完全承受一個人的記憶，並讓其正常運作或保存。唯一的載體只有大腦，因此這類手術需要先抽出原先的記憶，並直接進行轉移。我們一度希望，他們運用的是覆蓋記憶手法，那麼也許仍有機會能夠重新喚回李景玉，但顯然覆蓋的方式是大腦無法承受的。

但我們仍舊挖掘到對方所存檔的資料，保存著李景玉生前的片段記憶。只是那應該就像存檔的影像，不再具有思考能力。關於這點，我們再次感到遺憾。

現今還沒有撥放軟體可以直接呈現人類的記憶，只能照著報告的說明，用感應貼片的方式，直接以人體感應。公司的工程人員特此模擬了一台機器，功能不算太先進，但也許有辦法試著讀取。

若兩位願意，可以聯繫安排時間。

祝一切安好。

彭隊長

✷

打垮一個犯罪組織，難易度不是重點，而是沒想像中的有效益。這個世界向來是有需求才有供給，那些有需求的人，才是難以尋覓的藏鏡人。他們並不隸屬於任何犯罪集團，而是在背後提供了支持，以滿足自己的需要。當一個組織垮台，很快便會有另一個崛起，這是永無止境的循環。

洞巖醫院充其量只是個供給場所，也許有所謂的負責人，但真正讓它能運作的，是那些來自各地、隱匿的支持者。

我們能做的，是盡可能的散布良善，滅去不良種子的養分，在其萌芽前，從人們心中被翻動、移除。也許我們都還是一個尚待發展的物種，只能相信有一天，人類能真心體會到，互相傷害是多麼愚蠢的行為。

科技的發展是趨勢，沒有正負，因為每一樣技術的發展都是為了讓人們生活得更美好，本意肯定是善良的。不能否定因為科技的發達，我們得以脫離原始的生存壓力，有了更多機會去讓這個世界、甚至這個宇宙的神祕面紗得以揭曉。或許，那正是人類走向下一步的契因。

我們，會再進化的。自三百多萬年前開始，我們就不停地面臨著一道又一道的關卡，所以我深信人類擁有智慧，以及毅力，同樣能度過這道難關。

生存，一直都是個挑戰，人類從來不畏懼挑戰。

雖然景玉的離去讓我心碎，但人生如果真的是記憶的組合，那她將永遠在我心裡存活，成為我人生的一部分。

我閉上雙眼，再一次看到我們相識的那天、她同意交往的那天，以及往後相處的每一天。感謝她深愛著我、相信著我，每一幕畫面裡只有我。同時我能感受到，當她看著我的時候，心裡頭的那份悸動和感動，還有甜甜滋味的流動。

從她的記憶裡，我看見自己成就了她的人生。

最後，即使身處在黑暗之中，依舊清晰的聽到她說：「尚文，我知道你會找到我的，不論我在哪裡，你都會聽到我的聲音。」

我聽到了。

Last Question

天堂

真相，是正義的前提。

日子匆匆來到了半年的時間點，有了梁睿昕與余尚文的幫助，韓家人的喬遷事宜進行得相當順利，看著仲介掛上了出售的布條，似乎正式宣告一切終於落幕。

所有人都還在同樣的位置上，卻同時有人進入、有人離去。他們不知道能否找出真相，但能肯定的是，這輩子永遠都忘不了。

「再次謝謝你們幫忙，等過一陣子新家整頓好，我再請你們吃飯。」韓宇杰上車前，對著梁睿昕及余尚文這麼說。

「好啊，我會開始物色最貴的餐廳。」余尚文打趣的說。

「你先好好整理新家吧，有空多聯絡。」梁睿昕上前給了韓宇杰一個擁抱。

目送韓宇杰離去，兩人決定前往附近的咖啡廳消磨這美好的午後。這是第一次，他們一起將時間花在研究菜單上，挑選真正喜好的口味：梁睿昕偏愛的乳酸飲料、余尚文熱愛的巧克力，以及沒人討厭的起司薯條。

這時，咖啡廳傳來了一陣小騷動，店員拿起了遙控器，罕見的破壞了悠閒的氣氛，開啟了刺耳的新聞台。

本台今日收到一封匿名信函，內容描述五年前一名失蹤女性李景玉，被中圓集團等相關企業幕後出資、密謀組成的私人醫學中心所綁架，進行殘酷的人體實驗。目前這名女子仍舊下落不明，同時也有一份紀錄了二十五位贊助者的名單，其中不乏活躍於政壇、商界等重量級人物，代表受害者或許不只一位。

該封匿名信件，沒有屬名，也沒有透漏其資料來源。僅要求本台闡述他們的立場，其聲明內文為：「天堂不會原諒地獄的罪惡，我們會看著你。」

真相好比一位演員，即便被埋得再深，也渴望被人發現。也許有一天你注意到了，但又會被他的演技迷惑。唯有突破他的心房、揭開他的面紗，才能窺見最真實的他。可惜的是，演員很多，伯樂卻很少。

也許有人會問，知道了真相又如何？如果祕密永遠都是隱藏的，那麼事情也永遠不會有轉圜的一天。一個人發現真相，改變不了什麼；一群人發現了真相，便出現了可能。

「李景玉的事件，是促使你發現韓家祕密的契機。一切，都是從那裡開始的。」梁睿昕對余尚文說。

「妳是說，景玉失蹤，讓我選擇待在家裡工作，才得以觀察到韓家人的事件、進而認識妳，然後一起解決這宗犯罪？」余尚文說。

「是選擇，也是命運。也許之中存在著巧合，但懂計畫的人，會知道怎麼使用。這只是開端，未來，將有更多真相會被揭露，希望這能迎來正義的時代。」

「越說越玄了妳。」

這時，梁睿昕及余尚文的手機都震動了一下，是一封內容一樣簡訊：「喜歡剛剛的新聞嗎？」

余尚文驚呼一聲，而梁睿昕則立刻撥打電話過去，是一名女子接聽。

「妳是誰？」梁睿昕問。

「我也不確定現在的自己，究竟算是誰。」對方這麼說。

「方潔伶？」梁睿昕尾音上揚。

「或許是吧。」

「妳該不會加入了HEAVEN？」梁睿昕追問。

「不好說。今天只是想跟你們打聲招呼而已。」

「妳還好嗎？」

「比較起來，我應該不能說不好。只是我還需要多一點時間去整頓一下思緒，上一次沒有好好控制脾氣的結果，你們也很清楚，不是嗎？」方潔伶看來不願多談，傾向於結束通話，「兩位好好休息，或許以後還需要你們陪我作戰。」

「作戰？」梁睿昕再問，但方潔伶已掛上了電話。

余尚文抬眼看向店外，先是愣了一下，接著便拍了拍梁睿昕的肩膀。兩人一同望去，只見對街站著一名戴墨鏡的女子，正對他們微微笑著。之後，一輛公車經過，擋住了他們的視線，對街的女子就像從未出現過一般消失了。當店員關閉了電視，眾人的討論聲量再度壓低，這間店又恢復了往常的寧靜。

（全書完）

境外之城 122

訪客

作　　者／托比寶
企畫選書人／王雪莉
責 任 編 輯／王雪莉

發　行　人／何飛鵬
總　編　輯／王雪莉
業 務 經 理／李振東
行 銷 企 劃／陳姿億
資深版權專員／許儀盈
版權行政暨數位業務專員／陳玉鈴
法 律 顧 問／元禾法律事務所　王子文律師
出版／奇幻基地出版
城邦文化事業股份有限公司
台北市 104 民生東路二段 141 號 8 樓
電話：(02)25007008　　傳真：(02)25027676
網址：www.ffoundation.com.tw
e-mail：ffoundation@cite.com.tw
發行／英屬蓋曼群島商家庭傳媒股份有限公司城邦分公司
台北市 104 民生東路二段 141 號11 樓
書虫客服服務專線：(02)25007718・(02)25007719
24 小時傳眞服務：(02)25170999・(02)25001991
服務時間：週一至週五09:30-12:00・13:30-17:00
郵撥帳號：19863813　　戶名：書虫股份有限公司
讀者服務信箱 E-mail：service@readingclub.com.tw
歡迎光臨城邦讀書花園 網址：www.cite.com.tw
香港發行所／城邦（香港）出版集團有限公司
香港灣仔駱克道 193 號東超商業中心 1 樓
電話：(852) 2508-6231 傳眞：(852) 2578-9337
馬新發行所／城邦（馬新）出版集團
【Cite(M)Sdn. Bhd.(458372U)】
11, Jalan 30D/146, Desa Tasik,
Sungai Besi, 57000 Kuala Lumpur, Malaysia.
電話：(603) 90578822　　傳眞：(603) 90576622

封面設計／蔡佩紋
排　　版／極翔企業有限公司
印　　刷／高典印刷有限公司
■2021 年（民 110）7 月 29 日初版一刷

售價／330元

國家圖書館出版品預行編目資料

訪客 / 托比寶作 . -- 初版 . -- 臺北市：奇幻基地出版，城邦文化事業股份有限公司出版：英屬蓋曼群島商家庭傳媒股份有限公司城邦分公司發行，民 110.08
面：公分 . –（境外之城：122）
ISBN 978-986-06686-4-3（平裝）

863.57　　110009728

ISBN 978-986-06686-4-3
Printed in Taiwan.

廣　告　回　函
北區郵政管理登記證
台北廣字第000791號
郵資已付，免貼郵票

104台北市民生東路二段141號11樓

英屬蓋曼群島商家庭傳媒股份有限公司城邦分公司 收

請沿虛線對摺，謝謝

奇幻基地

每個人都有一本奇幻文學的啓蒙書

奇幻基地粉絲團：http://www.facebook.com/ffoundation

書號：1HO122　　書名：訪客

奇幻基地20週年・幻魂不滅，淬鍊傳奇

集點好禮瘋狂送，開書即有獎！購書禮金、6個月免費新書大放送！

活動期間，購買奇幻基地作品，剪下回函卡右下角點數，集滿兩點以上，寄回本公司即可兌換獎品&參加抽獎！

參加辦法與集點兌換說明：

活動時間：2021年3月起至2021年12月1日（以郵戳為憑）

抽獎日：2021年5月31日、2021年12月31日，共抽兩次

奇幻基地2021年3月至2021年12月出版之新書，每本書回函卡右下角都有一點活動點數，剪下新書點數集滿兩點，黏貼並寄回活動回函，即可參加抽獎！單張回函集滿五點，還可以另外免費兌換「奇幻龍」書檔乙個！

【集點處】（點數與回函卡皆影印無效）

1	2	3	4	5
6	7	8	9	10

活動獎項說明：

★ **「基地締造者獎・給未來的讀者」抽獎禮**：中獎後6個月每月提供免費當月新書一本。（共6個名額，兩次抽獎日各抽3名）

★ **「無垠書城・戰隊嚴選」抽獎禮**：中獎後獲得戰隊嚴選覆面書一本，隨書附贈編輯手寫信一份。（共10個名額，兩次抽獎日各抽5名）

★ **「燦軍之魂・資深山迷獎」抽獎禮**：布蘭登・山德森「無垠祕典限量精裝布紋燙金筆記本」。
抽獎資格：集滿兩點，並挑戰「山迷究極問答」活動，全對者即有抽獎資格（共10個名額，兩次抽獎日各抽5名），若有公開或抄襲答案者視同放棄抽獎資格，活動詳情請見奇幻基地FB及IG公告！

特別說明：

1. 請以正楷書寫回函卡資料，若字跡潦草無法辨識，視同棄權。
2. 活動贈品限寄台澎金馬。

當您同意報名本活動時，您同意【奇幻基地】（城邦文化事業股份有限公司）及城邦媒體出版集團（包括英屬蓋曼群島商家庭傳媒股份有限公司城邦分公司、書虫股份有限公司、墨刻出版股份有限公司、城邦原創股份有限公司），於營運期間及地區內，為提供訂購、行銷、客戶管理或其他合於營業登記項目或章程所定業務需要之目的，以電郵、傳真、電話、簡訊或其他通知公告方式利用您所提供之資料（資料類別C001、C011 等各項類別相關資料）。利用對象亦可能包括相關服務的協力機構。如您有依個資法第三條或其他需要協助之處，得致電本公司（(02) 2500-7718）。

個人資料：

姓名：＿＿＿＿＿＿＿＿＿＿ 性別：□男 □女

地址：＿＿＿＿＿＿＿＿＿＿＿＿＿＿＿＿ Email：＿＿＿＿＿＿＿＿＿＿

想對奇幻基地說的話或是建議：＿＿＿＿＿＿＿＿＿＿＿＿＿＿＿＿＿＿＿＿＿＿＿＿

＿＿＿＿＿＿＿＿＿＿＿＿＿＿＿＿＿＿＿＿＿＿＿＿＿＿＿＿＿＿＿＿＿＿＿＿＿＿

FB粉絲團　　戰隊IG日常

奇幻基地20週年慶・城邦讀書花園 2021/12/31前樂享獨家獻禮！
立即掃描QRCODE可享50元購書金、250元折價券、6折購書優惠！
注意事項與活動詳情請見：https://www.cite.com.tw/z/L2U48/

讀書花園

請剪下右側點數，貼於集點處，集滿兩點即可參加抽獎

1p 2021